10대와 통하는 옛이야기

10대와 통하는 옛이야기

제1판 제1쇄 발행일 2015년 11월 11일
제1판 제3쇄 발행일 2020년 12월 1일

글 _ 정숙영 · 조선영
기획 _ 책도둑(박정훈, 박정식, 김민호)
그림 _ 돌 스튜디오
디자인 _ 채홍디자인
펴낸이 _ 김은지
펴낸곳 _ 철수와영희
등록번호 _ 제319-2005-42호
주소 _ 서울시 마포구 월드컵로 65, 302호(망원동, 양경회관)
전화 _ (02)332-0815
팩스 _ (02)6003-1958
전자우편 _ chulsu815@hanmail.net

ISBN 978-89-93463-85-9 43810

철수와영희 출판사는 '어린이' 철수와 영희, '어른' 철수와 영희에게
도움 되는 책을 펴내기 위해 노력합니다.

10대와 통하는 옛이야기

정숙영 · 조선영 지음
돌 스튜디오 그림

철수와영희

머리말

신화, 전설, 민담으로 살펴보는 어린 시절 전래동화

대부분의 사람들이 어렸을 때 옛이야기 한 편 정도는 접해보았을 것입니다. 그 시절 말로든 책으로든 영상으로든 '옛날 옛적에'로 시작하는 이야기들을 접하면서 꽤 흥미롭다고 생각하지 않았나요? 저희도 어린 시절에 책으로 처음 옛이야기들을 접했습니다. 그중에서 가장 선명하게 기억나는 건 바로 '에밀레종'에 관한 이야기였지요. 이야기의 줄거리는 이러합니다.

신라 경덕왕이 대종을 만들려고 성금을 모으기 위하여 전국에 시주승을 보냈습니다. 스님이 어느 민가의 아낙에게 시주를 청하자, 아낙은 집안이 너무 가난하여 드릴 만한 것이 없으니 안고 있는 아이라도 가져가겠느냐고 농담을 하였습니다. 스님은 하는 수 없이 그냥 돌아갔지요. 그런데 심혈을 기울여 만든 대종이 소리가 나지 않는 것이었습니다. 실패를 거듭

하던 어느 날 스님의 꿈에 아이를 바쳐야 종을 만들 수 있다는 계시가 내렸습니다. 스님은 아낙의 아이를 말하는 것이라 깨닫고, 다시 그 아낙의 집을 찾아갔습니다. 아낙은 눈물을 흘리며 아이를 내주었습니다. 스님은 아이를 데리고 와 종을 만드는 쇳물에 집어넣었습니다. 마침내 종이 완성되었는데, 그 뒤로 종을 칠 때마다 '에밀레' 하고 아이가 어미를 찾으며 우는 소리가 났습니다.

이 이야기를 초등학교 시절 처음 전래동화로 읽었을 때의 기억이 또렷합니다. 무섭고 끔찍했습니다. 어린아이를 죽여 종을 만들다니! 그와 더불어 여러 가지 생각에 빠지기도 했습니다. '사람은 사소한 것부터 말조심을 해야 하나 보다'라는 교훈적인 생각부터 '살생을 금하는 불교에서, 그것도 스님이 어린아이를 쇳물에 녹여 넣어 종을 만들게 하다니 말도 안 된다'는 꽤 논리적인 생각, 그리고 '정말 이 종이 에밀레 하고 울릴까'라는 궁금증까지.

이렇게 강렬한 기억을 남겼던 이 이야기가 나중에 알고 보니 '전설'이라는 장르에 속하는 우리 옛이야기(설화)였습니다. 역사적으로 보자면, 이 종은 신라 경덕왕이 아버지 성덕대왕을 기리기 위해 만들기 시작한 것으로 정식 명칭은 '성덕대왕신종'입니다. 국립경주박물관에 가면 아직까지 남아 있는 이 종을 실제로 볼 수 있습니다. 성덕대왕신종은 지금까지 남아 있는 증거물이고, 증거물이 있으면 현재 설화의 분류에서 전설에 속하는 것으로 봅니다. 이 옛이야기는 사람을 제물로 바치는 '인신공희(人身供犧)'의 성격을 띤 전설인 것이지요.

이렇듯 어렸을 때 접한, 강렬하고 흥미롭던 '전래동화'와 나중에 다시 접한, 역사가 뒷받침된 성덕대왕신종 '전설' 사이에는 꽤 큰 거리감이 있었습니다. 실은 이 이야기는 그저 우리나라에서 오래도록 사람들의 입에서 입으로 전해오던 '옛이야기'일 뿐인데 말이지요.

이 글을 읽는 여러분도 아마 어릴 적 흥미롭게 '전래동화'를 접했던 때가 있었을 것입니다. 그러다 시간이 흘러 한동안 잊었다가 중·고등학생이 되어 신화, 전설, 민담으로 묶이는 '설화'로 다시 배우게 되었겠지요. 얼핏 보면 둘 사이엔 공통점이 없는 것 같습니다. 꼬마들이나 읽고 좋아하는 '전래동화'와 중·고등학교에서 배우는 고리타분한 '설화'가 맞닿은 지점이 어디 있겠느냐는 의문이 들지요. 하지만 모습은 달라 보여도 이 둘은 실은 같은 이야기입니다. 어릴 적에 보고 들은 '전래동화'는 옛이야기를 어린이의 눈높이에 맞춰 가감한 것입니다. 그리고 중·고등학교 교과과정에 나오는 '설화'는 옛이야기를 단지 시험 보기 위해서만 배우니 딱딱하고 재미가 없는 것이지요. 옛이야기라는 건 같은데 왜 이렇게 느낌이 다를까요?

이 책에서는 이렇듯 다르게 느껴지는 옛이야기의 실체에 조금 더 접근해보고자 했습니다. 그저 웃고 즐기며 교훈을 얻었던, 어린이의 전유물로 여겨지는 '전래동화'와 학교에서 중요한 부분에 밑줄을 치고 주제를 배웠던 '설화' 사이를 이어주는 다리 역할을 할 수 있으면 좋겠다는 소망으로 쓰기 시작했습니다. 어렸을 때 읽은 '전래동화'와 나중에 배운 '설화' 사이에서 느꼈던 거리감을 느끼지 않게 작은 징검다리를 놓고 싶었습니다. 과거에 우리가 재미있게 듣고 읽었던 '전래동화'가 지금

교과서에 실려 별 흥미 없이 배우는 '설화'와 같은 선상에 놓여 있는 옛이야기라는 것을 알리고 싶었습니다. 그래서 옛이야기가 지금까지 어떻게 전해져왔고, 어떤 특징과 모습을 지니고 있는지 마치 친한 친구에게 관심을 가지듯 애정을 가지고 찬찬히 그리고 면밀히 살펴보고자 했습니다. 그렇게 옛이야기를 들여다보면 우리 선조들의 삶과 세상을 이해하는 데 도움이 되고, 나아가 우리가 삶을 살아가는 데에도 조금은 도움이 될 수 있다는 이야기도 하고 싶었습니다. 이러한 마음이 여러분에게 전해지길 바라며 이제 이 글을 시작하려 합니다.

아주 오래전부터 사람들은 이야기를 만들어왔고 앞으로도 만들어갈 것입니다. 지금까지 전해 내려오는 수많은 옛이야기와 앞으로도 만들어질 더 수많은 옛이야기에 이 책을 바칩니다.

2015년 11월

정숙영 · 조선영

차례

1부

옛이야기란?

제1장

옛이야기는 무엇일까?

아메리칸인디언의 어떤 부족은 중요한 일을 결정하기 위해 회의를 할 때 기록을 남기지 않는다고 합니다. 정말 중요한 것은 써놓지 않아도 기억할 것이고, 반면에 기억이 나지 않는 것은 중요하지 않기 때문이라는 것이지요. 인디언의 기준을 빌려 옛이야기를 바라보자면, 우리가 알고 있는 옛이야기는 정말 중요하고 기억할 만한 것이기에 지금까지 전해지는 게 아닐까요? 그렇다면 그렇게 중요하고 기억할 만한 옛이야기라는 게 과연 무엇일까요?

1. 오래된 이야기

'옛이야기'라고 하면 보통 '옛날 옛날에 호랑이 담배 피우던 시절에'로 시작하는 전래동화를 떠올리기 마련입니다. 옛이야기를 어린이의 눈높이에 맞추어 더하거나 뺀 전래동화와 동일하게 보는 것은 적절하지 않지만 옛이야기가 '옛날 옛날에'로 시작할 만큼 오래된 것은 사실입니다. 그렇다면 얼마나 오래된 이야기일까요? 100년? 1,000년? 아니면 10,000년? 아쉽게도 이 궁금증을 해결할 만큼 시원한 답변을 해줄 수는 없을 것 같습니다. 옛이야기는 오래된 이야기이긴 하지만 얼마나 오래된 이야기인지는 정확히 모르기 때문이지요.

왜 알 수가 없느냐고요? 옛이야기는 문자로 기록된 것이 아니라 입에서 입으로 전해진 것이기 때문입니다. 그래서 생겨난 시대도, 생겨난 장소도 거의 알 수가 없습니다. 그렇게 말로 전해지는 오래된 이야기를 우리는 지금 옛이야기라고 부르는 것이랍니다.

다만 외국에서 전해지는 옛이야기 중에는 언제 만들어진 것인지를 추정할 수 있는 근거가 몇몇 있습니다. 고대 바빌로니아 지방의 수메르족이 흙으로 된 책판에 쐐기문자로 써서 남긴 〈길가메시〉 이야기는 만들어진 시기가 기원전 2,000~3,000년경까지도 추정된다고 합니다. 이집트의 파피루스 문서에 기록되어 전해지는 이야기는 기원전 1,000년도 훨씬 전쯤에 작성된 것이라고 합니다. 기독교, 불교, 유교 등의 경전에도 옛이야기들이 실려 있는데 기원전 수백 년 전의 것으로 알려져 있지요.

문자로 기록하기 전에도 옛이야기는 존재했습니다. 문자와 상관없이 옛이야기는 늘 있어왔고, 문자가 생긴 후에 이 이야기들이 기록된 것입니다.

우리나라의 경우에는 기록들이 많이 사라져서 확실한 것은 알 수 없습니다. 초기 자료들은 벽화나 문헌에 단편적으로 기록되어 있을 뿐입니다. 고구려의 시조 주몽의 이야기는 5세기경에 세워진 광개토대왕비에 일부 보이고, 이후 12~13세기에 이규보가 〈동명왕편〉에 자세히 쓰고 있지요. 〈도깨비방망이〉[1]와 〈흥부놀부〉 이야기에 영향을 준 신라시대의 〈방이 설화〉는 9세기경 중국 당나라 때 단성식(段成式)이 편찬한 『유양잡조(酉陽雜俎)』에 신라인의 이야기로 소개되어 있습니다.

이처럼 만들어지거나 기록된 연대를 대략적이나마 알 수 있는 옛이야기가 있는가 하면, 대략적인 연대조차 모르는 옛이야기도 많이 있습니다. 결국 옛이야기는 자신의 생년월일을 정확히 모르는 셈입니다. 나이가 아주 많은 이야기도 있겠고, 그보다 적은 이야기도 있을 것입니다.

하지만 자신이 어떻게 생겨나고 언제 생겨났는지 모르는 많은 옛이야기들은 지금까지 살아남아 우리에게 전해지고 있습니다. 생명력 하나는 무엇보다 뛰어난 것이지요.

결국 옛이야기는 호랑이 담배 피우던 시절부터 있었던 '오래된 이야기'인 것만은 확실한데, 그때가 언제인지는 정확히 모른다는 게 특징입니다.

2. 입으로 전해지는 이야기

옛이야기는 예로부터 말로 전해지는, 일정한 줄거리를 가진 이야기를 뜻합니다. 그렇다면 입에서 입으로 전해지는 이야기는 모두 옛이야기일까요? 그렇지 않습니다. 일정한 구조를 갖추고 아름답게 의미를 드러낼 수 있어야 옛이야기라고 할 수 있습니다. 예를 들어 우리가 듣는 모든 소리를 음악이라고 할 수 없고, 그려진 모든 형상을 미술이라고 할 수 없는 것처럼 말로 전해지는 이야기들을 모두 옛이야기라고 할 수는 없습니다. 음악이 소리와 다르고 미술이 형상과 다른 점은 예술성이 있기 때문입니다. 옛이야기 역시도 바로 예술성, 즉 아름다움이 있어야 옛이야기라고 할 수 있습니다. 결국 옛이야기도 음악이나 미술처럼 예술이라 볼 수 있는데, 음악이나 미술과 다른 점은 언어로 된 예술이라는 것이겠지요.

그렇다면 흔히 '언어예술'이라고 하는 시나 소설 같은 문학과 옛이야기는 무엇이 다른 것일까요? 옛이야기는 알다시피 말로 전해지는 문학입니다. 소설이나 시처럼 글로 쓰인 기록문학과 달리 처음부터 말로 존재하고, 말로 다른 사람에게 전달되며, 말로 지금까지 전해 내려온다는 것이 가장 큰 특징입니다. 이러한 옛이야기를 구비문학(口碑文學: 입에서 입으로 전해오는, 말로 된 문학)이라고도 합니다. 이와 같이 옛이야기는 오랜 세월 사람의 입을 통해 전달된 것이 계속 살아남아 후대에 문자로 기록되어 현재 우리에게도 전해지고 있는 것입니다.

옛이야기가 말을 통해 전해진다는 것은 소리만을 통해 전달된다는 뜻이 아닙니다. 글은 문자라는 수단을 통해 그 안에 모든 것을 담아냅니다. 하지만 옛이야기는 어떤 상황 속에서 목소리의 변화, 표정, 몸짓 등을 사용하며 구연(口演: 여러 사람 앞에서 말로써 재미나게 이야기하는 것)됩니다. 그래서 옛이야기는 할 때마다, 하는 상황에 따라, 그리고 하는 사람에 따라 매번 조금씩 달라지곤 합니다. 기록문학인 글은 종이에 쓰여 고정되어 있기에 변하지 않고, 독자가 읽은 후에도 그대로 남아 있습니다. 하지만 말을 통해 전달되는 옛이야기는 이야기되는 순간 고정되지 않고 공기 중으로 사라집니다. 물론 듣는 사람의 귀로 들어가 기억에 남게 되긴 하지만, 읽고 나도 그 자리에 그 모습 그대로 남아 있는 글과는 달리 듣고 나면 사라져버리고 맙니다. 즉, 고정적이지 않으며 일회적이라는 뜻입니다. 그래서 옛이야기는 처음에 접한 그대로 다른 이에게 전달되는 것이 불가능하고, 전달하는 과정에서 조금씩 달라지며 전승되는 것입니다.

이처럼 고정적이지도 않고 일회적이며 말로 전달되어온 옛이야기를 지금 우리는 글을 통해 접하고 있습니다. 구연을 통해 접하는 것이 실제 옛이야기의 본질과 매력을 알 수 있는 방법인데 현재는 글을 통해 접하고 있으니 어쩌면 우리는 옛이야기를 온전히 맛보고 있지 못한 셈입니다.

3. 작가를 알 수 없는 모두의 이야기

옛이야기는 누가 만들고 어떻게 만들어지는 것일까요? 예술작품은 대부분 누가 만들었고 언제 만들었는지 알려져 있습니다. 아주 오래된 작품들을 제외하면 작가와 작품을 완성한 시기가 알려져 있는 것이 보통인데, 옛이야기는 작가도 창작 시기도 알 수가 없습니다. 너무 오래된 이야기라 그런 게 아니냐고요? 꼭 그런 것만은 아닙니다. 옛이야기의 작가는 한 명이 아니라서 그런 것이라고도 볼 수 있으니까요. 옛이야기는 누가 언제 어떻게 만들었는지 알려져 있지 않습니다. 처음부터 기록되어 전하는 게 아니라 말로 전해진 것이기에 어쩌면 당연한 일이겠지요. 게다가 옛이야기는 귀로 들어서 기억하고 있는 것을 이야기할 기회가 생겼을 때 말로 나타내는 것입니다. 처음에 이야기를 들은 사람이 다시 다른 사람에게 자신이 들은 대로 말하려고 해도 천재가 아닌 바에야 토씨 하나 틀리지 않고 똑같이 이야기할 수는 없을 것입니다. 자신이 기억하는 뼈대에 자기 식대로 덧붙이기도 하고, 바꾸기도 하고, 생략하기도 하면서 이야기를 해나가겠지요. 이 과정에서 처음에 자신이 들었던 옛이야기와는 조금 다른 또 하나의 옛이야기가 탄생하게 되는 것입니다.

현재 우리가 알고 있는 옛이야기도 사실은 맨 처음 누군가가 경험하거나 지어낸 이야기를 어떤 이가 듣고서 다른 사람에게 전하고, 그 사람이 또 다른 이에게 전하는 식으로 수많은 사람들의 입을 거쳐 지금의 모습이 된 것입니다. 그러한 과정을 거치는 동안 수많은 사람들이 각자 자기 개성대로 옛이야기를 다른 사람에게 구연하면서 계속 모습을 조금씩 달리해갔을 것입니다. 실제로 구연된 옛이야기 하나하나를 제각기 다른 개성을 지닌 작가가 만들어낸 각기 다른 작품이라고 볼 때, 옛이야기를 구연한 사람이 100명이라면 100편의 작품이 탄생하는 셈입니다. 이러한 각각의 이야기들을 학술 용어로는 '각편(各篇)'이라고 합니다.

그런데 옛이야기는 개성적인 한 명의 작가가 만들어낸 개인작이라고도 볼 수 있지만, 한편으로는 여럿이 함께 만든 공동작이라고도 볼 수 있습니다. 옛이야기를 구연하는 사람은 다른 사람에게 들은 이야기에 자신의 창작을 보태고 자기 식대로 만들어 새로운 사람에게 들려줍니다. 그러면 그 이야기를 들은 사람은 다시 앞사람과 똑같은 방식으로 다른 사람에게 이야기를 합니다. 이러한 과정에서 만들어진 각편들은 구연한 사람마다 제각기 다르지만, 큰 틀에서는 공통점이 있습니다. 〈콩쥐팥쥐〉 이야기에서 계모가 콩쥐를 괴롭히는 세부적인 내용들은 구연하는 사람마다 조금씩 다를 수 있지만 계모와 그의 딸 팥쥐가 콩쥐를 괴롭히고, 콩쥐에게 많은 일을 시켜놓은 뒤 둘만 잔치에 가버리는 것, 콩쥐가 누군가의 도움을 받아 그 일들을 모두 처리하고, 선녀가 주고 간 신발을 신고 잔치에 가다가 신발을 잃어버리는 것, 신발이 원님의 눈에 띄어 마침내 콩쥐를 찾게 되는 것, 콩쥐가 원님과 혼인해 잘 살게 된다는 등의 내용은 공통점입니다.

이처럼 모든 각편에 반드시 동일하게 드러나는 줄거리는 공동작이며 많은 사람들의 공통적인 의식이 반영된 것이어서 오랜 세월을 거쳐도 변하지 않는 부분이라고 볼 수 있습니다. 그러므로 옛이야기는 한 명의 작가가 만든 개성적인 작품인 동시에 여러 명의 작가가 만든 공동 작품이라고도 할 수 있는 것입니다. 비록 작가도 창작 시기도 알 수 없지만 우리가 현재 읽고 즐기는 옛이야기는 많은 사람들의 입을 거치고도 변하지 않고 전해진 핵심 줄거리에 개인의 개성적인 창작과 의식이 보태어 만들어진 작품인 것입니다.

4. 공감이 가는 보편적인 이야기

옛이야기는 우리나라에만 있는 것이 아닙니다. 전 세계적으로 각 나라마다 옛이야기가 전해지고 있습니다. 그중 유명한 옛이야기 모음집으로는 독일의 그림 형제가 민간에 전해오는 이야기들을 모아 편집한 『그림동화집』이 있습니다.

각 나라의 옛이야기들에는 그 나라 고유의 옛이야기만 있는 것이 아닙니다. 우리가 잘 아는 〈신데렐라〉 이야기는 우리나라의 옛이야기인 〈콩쥐팥쥐〉와 아주 비슷합니다.

아버지와 새어머니, 그리고 두 명의 새언니와 함께 사는 신데렐라는 집안의 궂은일을 도맡아 하면서도 온갖 구박을 받습니다. 마음씨 고운 신데렐라는 그 구박을 묵묵히 견디지요. 그러던 어느 날 신붓감을 찾기 위해 왕자가 무도회를 열자, 새어머니와 두 언니는 화려하게 치장을 하고 무도회에 가지만 신데렐라에게는 집안일을 엄청나게 시켜 무도회에 가지 못하게 합니다. 실망하여 울고 있던 신데렐라에게 요정이 나타나 마차와 마부, 드레스를 준비해줍니다. 그리고 신데렐라는 왕자를 만나고 신발을 잃어버립니다.

자, 어떤가요? 여기까지만 살펴보아도 우리의 옛이야기인 〈콩쥐팥쥐〉와 아주 흡사할 정도로 닮아 있습니다. 이건 다른 이야기라고 볼 수 없을 정도입니다. 어떻게, 무슨 까닭으로, 이렇게 닮아 있는 것일까요? 이 질문에 대한 답은 옛이야기의 기원과도 맞닿아 있습니다. 즉, 옛이야기는 어떻게 탄생되어 전파된 것이냐는 물음에 대한 답도 될 수 있다는 뜻입니다.

다시 〈신데렐라〉 이야기로 돌아가면, 이 이야기는 프랑스의 동화작가 샤를 페로가 민간에 전해 내려오던 이야기를 1697년 동화집 『옛날이야기』에 수록하면서 처음 출판이 되었습니다. 그런데 프랑스에만 이런 이야기가 있었던 것은 아닙니다. 전 세계에 약 1,000여 편의 〈신데렐라〉

이본(異本: 같은 작품이나 내용상 조금씩 차이를 보이는 작품)이 발견되었다고 하니[2] 이 이야기야말로 전 지구적인 이야기라고 할 수 있습니다. 이와 비슷한 이야기는 한국, 중국, 베트남과 같은 아시아뿐 아니라 이집트, 러시아, 독일 등 아랍과 유럽까지 다양하게 분포하고 있답니다.

이렇게 전 세계에 널리 퍼져 있는 이야기인 〈신데렐라〉에 대해 학자들마다 의견이 분분합니다. 우선은 전파에 의한 설을 주장하는 학자들이 있습니다. 이야기에는 단일한 기원이 있고, 그것이 전 세계적으로 퍼지게 된 것이라는 주장입니다. 특히 최남선[3]은 〈콩쥐팥쥐〉와 〈신데렐라〉를 같은 계열에 속하는 세계대광포설화(世界大廣布說話: 세계 각지에 두루 퍼져 있는 이야기)로 보면서, 어느 쪽이 시대적으로 앞선 것인지는 밝히지 않지만 어떤 단일한 기원에서 비롯하여 수평적으로 퍼진 것이라고 보았습니다. 그리고 이 계열의 설화 중 문헌에 가장 최초로 기록된 것으로 9세기경 중국 당나라 때 『유양잡조』에 실린 〈섭한(葉限)〉[4] 이야기를 소개하고 있습니다.

반면에 〈콩쥐팥쥐〉나 〈신데렐라〉는 각 나라에서 자생적으로 생겨나 발전했을 가능성이 크다고 주장하는 학자들도 있습니다. 사람이 비슷한 환경에서 살아가다 보면 비슷한 생각을 가지고 비슷한 대응을 할 수밖에 없다고 보면서, 그런 과정에서 생긴 현상으로 설명하는 것이지요. 즉, 인간의 사고 구조는 동일하고 보편적인 측면을 지니고 있어서 비슷한 화소(話素: 이야기를 구성하는 최소 단위로, 전승하는 힘을 가진 가장 짧은 내용의 이야기 알맹이)를 가진 옛이야기가 다양한 문화권에서 각기 다원적으로 발생했다는 주장입니다.

하지만 어느 설을 지지하든 객관적으로 입증하기는 어렵기에 어느 쪽도 절대적으로 맞다고 할 수는 없습니다. 시공간을 초월하여 전파되었든, 인간이 지닌 보편적인 사고 구조와 심리 때문에 유사한 이야기가 존재하는 것이든, 분명한 점은 기원이 어느 쪽인지는 몰라도 세계 곳곳에 유사한 이야기가 다양한 형태로 전승되며, 한번 생겨난 이야기는 이내 시공간을 초월하여 전파되어간다는 것이지요. 이것은 옛이야기의 가장 큰 특징 중 하나이기도 합니다.

이는 바꾸어 말하면, 옛이야기가 민족과 시대와 장소를 초월하여 사람들의 마음에 가 닿는다는 뜻이 아닐까요? 그렇기에 민족적·시대적·장소적 차이를 뛰어넘어 비슷한 이야기가 발견되고 이야기되며 향유되는 것이 아닐까 싶습니다. 이것은 〈콩쥐팥쥐〉와 〈신데렐라〉 이야기에만 국한되는 것은 아닙니다. 동서양에서 비슷한 내용의 이야기가 여럿 발견됩니다. 예를 들어 동서양에 공통으로 전해지는 〈임금님 귀는 당나귀 귀〉나 〈구렁덩덩 신선비〉 이야기처럼 말이지요. 그중에서 〈구렁덩덩 신선비〉 이야기를 한번 살펴볼까요?

옛날에 어느 할머니가 오래도록 자식이 없다가 천지신명께 열심히 빌어 겨우 아들을 얻었는데 낳고 보니 구렁이였습니다. 이웃의 부잣집 세 딸이 아이를 구경하러 왔다가 첫째와 둘째 딸은 구렁이를 낳았다고 기겁을 하며 물러섰으나 셋째 딸은 '구렁덩덩 신선비'를 낳았다고 듣기 좋게 말하였습니다. 구렁이는 자라서 어머니에게 이웃집 딸과 혼인시켜달라고 막무가내로 졸랐습니다. 할 수 없이 어머니가 가서 청혼을 하니, 두 딸은 거절하고 셋째 딸만이 허락하여 혼례를 치렀습니다.

첫날밤이 되자 구렁이는 허물을 벗고 잘생긴 남자가 되었습니다. 그때부터 낮에는 구렁이로, 밤에는 사람으로 지내다가 얼마 뒤 완전히 허물을 벗고 사람이 되었습니다. 그러던 어느 날, 신선비는 셋째 딸에게 허물을 주며 잘 보관하라고 신신당부를 하고는 과거를 보러 떠났습니다.

그런데 동생을 시기한 언니들이 찾아와 동생을 잠들게 하고는, 구렁이 허물을 찾아내어 불에 태워버렸습니다. 신선비는 허물이 불에 탔음을 알고는 다시는 집으로 돌아오지 않았습니다. 그러자 남편을 찾아 나선 셋째 딸은 길을 가다가 까마귀, 멧돼지, 빨래하는 여인, 농부 등을 만나 그들이 요구하는 일을 해주고 남편의 행방을 물어 마침내 남편이 사는 집을 찾아갔습니다. 하지만 이미 신선비는 새장가를 든지라 두 명의 부인을 데리고 살 수가 없었습니다. 셋째 딸은 새 부인과 물 길어 오기, 나무해 오기,

호랑이 눈썹 가져오기 등의 내기를 하여 이기고, 마침내 신선비와 다시 부부가 되어 행복하게 잘 살았습니다. -〈구렁덩덩 신선비〉

어떤가요? 어디선가 접해 본 이야기이지 않은가요? 이것은 그리스 신화에 나오는 〈에로스와 프시케〉 이야기와 흡사합니다. 셋째 딸인 프시케가 괴물인 줄 오해한 채 사랑의 신 에로스와 결연(結緣: 서로 인연을 맺음)하고, 언니들의 꾐에 빠져 에로스가 떠나가자 그를 찾아 나서 갖가지 시험을 통과한 뒤에 에로스와 다시 부부로 맺어지게 된다는 내용과 동일하지요. 이 서사는 세계적으로 널리 분포된 설화 유형입니다. 우리의 옛이야기가 저 멀리 그리스 신화의 이야기와 매우 흡사한 것을 확인하니 민족과 시대와 장소를 초월하여 비슷한 이야기가 세계적으로 향유되고 있다는 것이 더욱 실감 나지요?

이렇듯 옛이야기의 기원이야 어찌 되었든 각기 다른 지역의 사람들이 동일한 옛이야기를 지금까지 즐겨온 것을 보면, 옛이야기에는 누구나 들어도 고개를 끄떡일 법한 보편성이 내포되어 있다는 것을 알 수 있습니다. 이를 통해 옛이야기가 지금의 우리에게까지 전해지는 이유 역시 충분히 짐작됩니다. 현재의 우리도 그 옛이야기들에서 무언가 공감할 만한 것을 찾아내었다는 의미이겠지요.

5. 말을 공유하는 사람들의 이야기

옛이야기는 말을 공유하는 사람들의 문학, 즉 '언어공동체'의 문학입니다. 문자를 사용해서 글을 짓고 읽는다는 것은 글을 아는 지식인층이나 귀족이 아니면 오랫동안 할 수 없었던 일입니다. 우리에게 글자가 생긴 것은 1446년 세종대왕이 훈민정음, 즉 한글을 만들면서부터입니다. 그러면 그전엔 글이 없었을까요? 물론 그 이전에도 글은 있었지만 우리 고유의 문자가 없었기에 중국의 한자를 가지고 글을 썼습니다. 신라시대에는 한자를 활용한 향찰(鄕札: 한자의 음과 훈을 차용하여 우리말을 기록한 것)로 글을 썼지요. 하지만 활용할 글자가 없던 아주 오랜 옛날부터 문자가 생기기 전까지는 이야기를 말로 전하는 수밖에는 다른 도리가 없었을 것입니다. 그 오랜 기간, 그리고 문자가 생긴 이후에도 글을 모르는 사람들은 말로써 이야기를 만들고 즐기고 전해왔던 것입니다.

그렇기에 옛이야기가 존재하고 전해질 수 있는 기반은 언어공동체라고 할 수 있습니다. 말을 통해 전승과 전파가 이루어지므로 언어의 소통이 가장 중요하고, 언어의 교류가 활발한 생활공동체가 바로 옛이야기가 전승되는 바탕이 되는 것이지요. 작게는 마을 공동체부터 크게는 민족 공동체까지 같은 말을 사용하는 공동체 안에서 일반 대중이 즐기던 것이 옛이야기입니다. 그런데 이들은 대부분 한자 문화에서 소외되었던 사람들입니다. 때문에 글이 아닌 말로써 자신들의 생각을 표현하고, 이야기를 만들었던 것이지요. 같은 말을 쓰는 사람들끼리 공유한 이야기에는 언어공동체의 의식과 문화가 담겨 있습니다. 그리고 전승되는 과정에서 공동체와 이질적인 요소는 걸러지고, 공통된 요소만이 살아남아 지금까지 전해져오는 것입니다.

Q. 신데렐라와 콩쥐는 왜 하필 신발을 잃어버릴까요?

A. 신발은 우리의 일상생활과 뗄 수 없는 물건입니다. 밖에서 늘 신고 다니므로 우리 몸과 밀착해 있는 물건이기도 하지요. 이러한 신발은 다양한 설화에서 중요한 소재로 등장합니다. 그렇다면 설화에 등장하는 신발의 의미는 무엇일까요?

설화 속에서 신발이 나타내는 상징에 대해서는 여러 가지 설이 있습니다. 첫째, 신발을 주력(呪力: 불행이나 재해를 막아준다고 믿는 신비한 힘)을 지닌 물건으로 보는 것입니다. 신발은 설화에서 주술적인 기능을 하는 물건으로서 남녀 간의 애정의 선물로 나타나기도 하고, 병을 퇴치하는 도구로 나타나기도 합니다. 둘째, 신발을 성적인 것으로 보아 여성의 성기를 상징하는 것으로 보기도 합니다. 신을 여성의 성기로, 발을 남성의 성기로 보아서 신발을 신는 행동을 성행위와 유사하게 보는 것이지요. 셋째, 신발을 주인의 신원을 확인하는 물건으로 보는 관점입니다. 신발 주인의 자아 정체성을 확인해주고, 주인이 누구인지 짐작하게 만드는 것이지요.

〈콩쥐팥쥐〉나 〈신데렐라〉에 나타나는 신발의 의미는 세 번째 해석과 가장 맞닿아 있는 듯합니다. 〈신데렐라〉에서 왕자는 신발 한 짝을 가지고 이름도 알 수 없는 신데렐라를 찾으러 다닙니다. 신데렐라는 왕자가 가지고 온 유리 구두 한 짝을 신고 나서 자기가 가지고 있던 다른 한 짝도 신어 보임으로써 자신의 신원을 확실하게 드러냅니다. 결국 〈신데렐라〉에서 신발은 신원을 확인해주고, 나아가 '남녀의 결연'에 결정적인 역할을 하는 셈이지요. 짝을 갖추어야만 완전해지는 신발을 통해 주인공들도 짝을 이루게 되는 것입니다. 〈콩쥐팥쥐〉에서는 이것이 더 잘 드러납니다. 특히 이 이야기에선 신발 말고도 짝을 이루는 소재가 하나 더 등장합니다. 바로 젓가락입니다. 젓가락도 신발처럼 반드시 짝을 이루어야 하는 물건이지요. 〈콩쥐팥쥐〉에서 한 짝만으로는 무용지물인 신발과 젓가락은 남녀의 결연에 중요한 소재입니다. 즉, 꽃신은 콩쥐임을 알려주는 물건이자 짝을 찾는 데 필요한 사랑의 매개물이 되고, 여기에 더해서 젓가락은 서로가 짝임을 알려주는 역할을 하는 것입니다.

그러면 〈콩쥐팥쥐〉에서 젓가락 모티프는 어디에 나타나는 것일까요? 젓가락 모티프는 콩쥐가 혼인한 뒤에 등장합니다. 사실 〈콩쥐팥쥐〉 이야기는 "콩쥐는 원님과 결혼하여 행복하게 잘 살았습니다."로 끝나지 않습니다. 그 뒷이야기는 이렇습니다.

〈콩쥐팥쥐〉의 혼인 후 이야기

꽃신을 신겨보고 콩쥐가 주인인 것을 안 원님은 콩쥐와 혼인을 하였습니다. 심술궂은 팥쥐는 질투가 나 견딜 수가 없었습니다. 어느 날 원님이 집을 비운 사이 팥쥐가 콩쥐를 찾아와 목욕하러 가자고 하고는 콩쥐를 연못에 빠뜨려 죽입니다. 그리고 콩쥐 옷을 입고서 콩쥐인 척하지요. 집으로 돌아온 원님이 콩쥐인 양 꾸미고 있는 팥쥐에게 얼굴이 이상하다고 하자 팥쥐는 미끄러져 얼굴이 얽었다고 둘러댑니다. 그 후 콩쥐가 빠져 죽은 연못에 연꽃이 하나 피었는데, 원님이 꺾어와 집에 두었습니다. 그런데 연꽃은 원님이 지나갈 때는 원님을 부드럽게 쓰다듬고, 팥쥐가 지나갈 때면 팥쥐의 머리를 쥐어뜯고 얼굴을 할퀴었습니다. 팥쥐는 그 연꽃을 아궁이에 넣고 태워버렸습니다.

그러던 어느 날, 원님의 옆집에 사는 할머니가 불씨를 빌리러 와서 아궁이를 들여다보니 웬 오색 구슬이 있었습니다. 할머니는 그 구슬을 벽장에 넣어두었는데, 그 뒤로 밖에 나갔다가 오면 밥상이 차려져 있었습니다. 할머니가 이상히 여겨 하루는 숨어서 지켜보니, 구슬이 색시로 변해서 그렇게 하는 것이었습니다. 할머니가 사연을 묻자 색시는 자신이 콩쥐라며 그간의 사정을 이야기하고는 원님을 초대해달라고 하였습니다. 초대받은 원님이 음식을 먹으려는데, 젓가락이 짝짝이였습니다. 원님이 젓가락을 보고 짝이 안 맞는 것을 알아채자, 젓가락이 바뀐 것은 알면서 부인이 바뀐 것은 모르냐고 콩쥐가 병풍 뒤에서 말했습니다. 사정을 알게 된 원님은 팥쥐를 죽여 젓갈로 만들어 계모에게 보내고, 계모는 이것을 받고 놀라서 죽어버렸습니다.

제2장

옛이야기에는 무엇이 있을까?

옛이야기는 아주 오래전부터 전해온 만큼 수도 엄청납니다. 〈콩쥐팥쥐〉나 〈선녀와 나무꾼〉처럼 우리가 잘 알고 있는 이야기 외에 잘 알려지지 않은 이야기도 무척이나 많습니다. 이것들을 포괄하여 '옛이야기'라고 하는데, 사실 옛이야기들은 저마다 성격이 약간씩 다릅니다. 그래서 성격에 따라 몇 가지로 분류하기도 합니다. 영화를 성격에 따라 판타지, 액션, 코미디, 드라마 등으로 나누는 것과 마찬가지입니다. 그러면 옛이야기에는 무엇이 있고 어떻게 나뉘는지 한번 살펴볼까요?

1. 신성하고 초월적인 신화의 세계

옛이야기 중 첫 번째로 살펴볼 것은 '신화(神話)'입니다. 신화는 말 그대로 '신에 관한 이야기'를 말합니다. 옛이야기 가운데 신이 탄생한 이야기라든지 신이 행한 행적에 관한 이야기들을 따로 신화라고 부릅니다. 이렇게 신화라고 부를 수 있는 이야기들은 여느 이야기와는 달리 그것만의 독특한 특징이 있습니다.

옛날에 하늘의 신이 아들 해모수를 인간 세상에 보내 정사를 돌보게 하였습니다. 해모수는 아침이면 다섯 마리의 용이 끄는 가죽 수레를 타고 인간 세상에 내려와 일을 보고 저녁이 되면 하늘로 돌아갔습니다. 그러던 어느 날 해모수는 물의 신 하백의 세 딸을 보고 아름다움에 반해버립니다. 그래서 날을 잡아 그녀들을 자신이 머무는 곳에 초대하여 함께 어울리다 하백의 맏딸 유화와 사랑에 빠지게 되었습니다.

뒤늦게 이 사실을 안 하백은 불같이 화를 내며 해모수를 찾아갔습니다. 그러고는 해모수의 능력을 시험해보고자 변신 대결을 펼칩니다. 하백이 사슴으로 변하자 해모수는 늑대로 변해서 쫓고, 하백이 잉어로 변하자 해모수는 수달로 변해서 쫓고, 하백이 꿩으로 변하자 해모수는 매가 되어 쫓았습니다. 결국 하백은 두 손을 들고 말았고, 해모수와 유화는 혼인을 하게 됩니다.

그런데 하백은 해모수가 유화를 버리고 혼자만 하늘나라로 돌아갈까 봐 걱정이 되어 해모수를 술에 취하게 한 다음 두 사람을 해모수의 가죽 수레에 태웠습니다. 수레가 하늘로 올라가던 중간에 술이 깬 해모수는 무슨 일이 벌어졌는지 알아차리고는 유화의 금비녀로 가죽을 뚫고 혼자만 하늘로 올라가버렸습니다. 이에 하백은 화가 단단히 나서 유화의 입을 잡아 늘인 뒤 내쫓아버렸습니다.

입이 길어진 유화는 어부의 그물에 걸려 동부여의 금와왕에게 가게 되었습니다. 금와왕이 유화의 입을 세 번 자르고 나서야 유화는 본래의 모습으로 돌아올 수 있었습니다. 금와왕은 유화를 별궁에 머무르게 하였는데, 하루는 햇빛이 유화의 몸을 비추어 유화는 임신을 하게 되었습니다. 그리고 머지않아 왼쪽 겨드랑이로 큰 알을 낳았습니다. 사람이 알을 낳은 것을 불길하게 여긴 금와왕은 알을 내다 버렸으나 말과 소가 피해가고 새가 깃으로 품어주어 어쩔 수 없이 유화에게 돌려주었습니다.

시간이 흘러 마침내 한 사내아이가 알을 깨고 나왔는데, 한 달 만에 말을 하고 화살을 쏘아 백발백중 파리까지 잡았습니다. 그래서 활을 잘 쏜다는 의미의 '주몽'을 아이의 이름으로 정하였습니다. 주몽은 성장하면서 금와왕의 일곱 아들과 함께 사냥을 다녔는데 능력이 출중해서 항상 질시를 받았습니다. 어느 날 금와왕의 아들들이 주몽을 죽이려 하자 이를 눈치챈 유화는 미리 좋은 말을 마련해두었고, 주몽은 그 말을 타고 세 명의 친구와 함께 동부여를 떠납니다. 금와왕의 아들들은 군사를 이끌고 주몽을 뒤쫓았습니다. 강에 이르러 더는 나아가기 힘들게 되자 주몽은 하늘을 향해 "천자의 손자, 하백의 외손을 불쌍히 여겨달라!" 하고 소리쳤습니다. 그러자 물고기와 자라가 다리를 만들어주어 주몽 일행은 뒤쫓는 군사들을 따돌리고 무사히 강을 건널 수 있었습니다. 그렇게 졸본에 정착하여 나라를 세웠는데, 그것이 바로 고구려입니다.

주몽은 왕위에 오른 지 19년 만에 하늘로 올라간 뒤 다시는 내려오지 않았습니다. -〈주몽 신화〉

이 이야기는 고구려의 시조 '주몽'에 관한 이야기로 흔히 '주몽 신화'라고 부릅니다. 그런데 이 이야기가 정말로 신화일까요? '주몽 신화'라고 부르기는 하지만, 이 이야기를 들으면 신화라는 생각이 드나요?

보통 '신화'라고 하면 신에 관한 이야기라고 이해합니다. 그리스·로마 신화라든지 이집트 신화, 인도 신화 등을 보면 신에 대해 이야기하고 있습니다. 이에 비해 '주몽 신화'는 신화라고 하기에는 좀 미약하게 느껴집니다. '고구려'라는 나라가 세워진 내력에 관한 이야기이고, 주몽은 실제로 고구려의 왕이었으니 차라리 역사에 가깝지 않을까요?

이 이야기를 잘 살펴봅시다. 고구려 건국과 관련된 것이니 어찌 보면 역사로도 볼 수 있을 것입니다. 하지만 주몽을 비롯하여 주몽의 부모 해모수와 유화, 유화의 아버지 하백을 평범한 사람으로 보기에는 무리가 있습니다. 해모수는 하늘 신의 아들로, 인간 세상을 다스리기 위해 매일 다섯 마리의 용이 끄는 수레를 타고 천상과 지상을 오르내리는 인물이고, 하백은 물의 신이라고 나와 있습니다. 유화의 입이 마치 닭의 부리처럼 길어진다는 것도 현실적으로는 불가능한 일입니다. 이렇게 등장인물들은 하나같이 신이(新異)하게 느껴집니다.

그중에서도 특히 주몽이라는 주인공을 주목해보겠습니다. 주몽은 사람의 몸이 아닌 알에서 태어났을 뿐 아니라, 태어나자마자 말도 잘 하고 활도 잘 쏘았습니다. 우리처럼 평범한 사람들과는 전혀 다른 인물입니다. 인간의 모습으로 태어나긴 했지만, 탄생에서부터 그가 지닌 능력이나 이루어낸 업적은 모두 인간의 일을 뛰어넘는 것입니다. 물고기와 자라가 길을 터주었다는 것을 보면 자연의 일도 뛰어넘는 것이고요. 이처럼 주몽에게서는 초인간적이면서도 초자연적인 힘이 느껴집니다. 이런 점에서 주몽은 인간적인 존재라기보다는 오히려 초월적인 존재에 가깝다고 보아야 할 것입니다.

초월적인 존재에 가깝다는 것은 신에 가깝다는 의미입니다. 사람이기는 하지만 보통 사람과는 다른, 신과 비슷한 존재라는 것이지요. 주몽은 왕위에 오른 지 19년 만에 하늘로 올라간 뒤 다시는 내려오지 않았다고 했는데, 무척이나 신비로운 결말입니다. 그리고 이것이 더욱 주몽을 신적인 존재로 느끼게 합니다.

앞에서 신화란 신에 관한 이야기라고 했는데, 그냥 신이 등장하여 평범한 사람들처럼 행동하면 그 이야기가 굳이 신화일 리가 없겠지요. 신이 신답게 행동하는 이야기, 그래서 사람들이 신성하게 느끼는 이야기가 바로 신화입니다. 주몽의 행적들이 보통 사람들에게는 무척 신성하게 여겨지기 때문에 주몽 이야기도 신화라고 볼 수 있는 것입니다.

대체로 신화는 태초의 시공간과 관련된 이야기가 많습니다. 평범한 사람들이 세상을 장악하고 휘두르기 전의 시공간에서 벌어지는 일인 것이지요.

이처럼 비범한 인물이 등장하고, 시공간이 초월적이면서 결말도 신비로워서 많은 사람들이 신성하게 느끼는 이야기, 이러한 이야기들을 바로 신화로 분류할 수 있는 것입니다.

2. 비극적인 영웅이 등장하는 전설의 세계

어느 지역에 가면 그 지역에서만 전해지는 이야기를 들을 수 있습니다. 다른 지역에서는 전혀 들어보지 못한, 산이나 나무 또는 바위에 얽힌 이야기들 말이지요. 이렇게 어느 지역을 중심으로 전해오는 이야기를 '전설(傳說)'이라고 부릅니다.

제주 구좌읍 김녕리 마을 동쪽에 큰 굴이 있었는데, 여기에 큰 뱀이 살았다고 하여 '뱀굴'이라고 불렀습니다. 마을에서는 이 뱀에게 매년 처녀 한 사람을 제물로 올려 큰굿을 하였습니다. 만일 굿을 하지 않으면 뱀이 곡식밭을 다 휘저어버려 대흉년이 들었습니다. 그런데 양반집에서는 딸을 내놓지 않았기 때문에 항상 평민의 딸이 희생될 수밖에 없었습니다.

조선 중종 때 '서련'이라는 판관이 제주에 부임해 오게 되었습니다. 서 판관은 뱀굴의 소문을 듣고 괴이한 일이라며 분개하였습니다. 그래서 이대로는 안 되겠다고 생각하고는 하인들에게 술과 떡과 처녀를 올려 굿을 하라 하고는, 몸소 군졸을 거느리고 뱀굴을 찾아갔습니다. 굿이 시작되고 한참이 지나자 과연 어마어마한 크기의 뱀이 나와 술과 떡을 먹고는 처녀를 잡아먹으려고 하였습니다. 이때 서 판관이 군졸과 함께 달려들어 창검으로 뱀을 찔러 죽였습니다. 이것을 본 무당이 황급하게 "빨리 말을 달려 읍성 안으로 가십시오. 어떤 일이 있어도 뒤를 돌아보아선 안 됩니다."라고 일러주었습니다. 서 판관은 채찍을 휘두르면서 말을 타고 무사히 성의 동문 밖까지 이르렀습니다. 그런데 이때 군졸 한 명이 뒤따라오면서 "뒤쪽으로 피비가 옵니다."라고 외쳤습니다. 이에 서 판관은 "어떻게 피비가 올 수가 있느냐?" 하며 무심코 뒤를 돌아보았는데, 그러자마자 그 자리에 쓰러져 죽고 말았습니다. 죽은 뱀의 피가 하늘로 올라가 비가 되어 서 판관의 뒤를 쫓아왔던 것입니다. -〈김녕사굴(金寧蛇窟)〉

이 이야기는 맨 앞에 밝혀져 있듯이 제주도에서 전해지는 이야기입니다. 정확하게는 제주도 구좌읍 김녕리 마을에서 전해지는 이야기이지요. 그리고 시간은 조선 중종 때라고 드러나 있습니다. 앞의 신화와는 달리 이야기의 시간과 공간이 매우 구체적입니다.

이야기의 주인공은 서련이라는 판관입니다. 제주로 부임해 온 서 판관은 뱀의 횡포로 고통받고 있는 마을 사람들을 보고는 그 폐단을 없애야겠다고 마음먹습니다. 군졸을 이끌고 가서 뱀을 죽인 것을 보면 용감하고 정의로운 사람임에 틀림없습니다. 그런데 뱀을 죽여놓고는 절대 뒤를 돌아보지 말라는 금기를 무심코 어겨 죽고 맙니다. 용감하고 정의로운 주인공은, 특히나 악당을 무찌른 주인공은 절대 죽지 않고 끝까지 살아남을 것 같은데 어이없게도 죽어버리고 마는 것입니다. 이 이야기를 들은 사람들은 서 판관이 정말로 죽었을까 쉬이 믿지 못했을 것입니다. 그리고 서 판관이 죽는 것으로 이야기가 끝나는 것을 아쉬워하고 안타까워했을 것입니다.

이렇듯 전설 속의 인물은 비범하고 뛰어난 면모를 지니지만, 한편으로는 피비가 내린다는 말에 뒤를 돌아보고 만 서 판관처럼 인간적인 한계를 극복하지 못하고 죽어버리는 인물이기도 합니다. 이 점에서 신화의 인물과 전설의 인물은 차이가 납니다. 신화의 주인공은 인간보다는 신에 가깝다고 했습니다. 그러나 전설의 주인공은 뛰어난 업적을 이루어내지만 그 순간에 무심코 실수를 저지르고 마는 인간적 한계를 지니고 있는 것입니다. 그래서 결말이 더욱더 비극적으로 느껴집니다.

이 이야기는 제주도 구좌읍 김녕리 마을에서, 더 정확하게는 그 마을에 있는 뱀굴 앞에서 전해집니다. 뱀굴은 바로 서 판관이 실제로 존재했었고, 그 이야기가 실제로 있었다고 믿게 만드는 증거물이니까요. 실제로 뱀굴에 가면 표지판에 이야기가 쓰여 있고, 인근에 서 판관의 사적비도 세워져 있습니다. 전설은 이렇게 구체적인 시공간에서 확인할 수 있는 증거물과 함께 전해져 내려오는 이야기입니다.

3. 평범한 인물의 행복한 이야기 민담의 세계

옛이야기의 세 번째 갈래로는 '민담(民譚)'이 있습니다. '민담'이란 말 그대로 '민(民)의 이야기'를 말합니다. '민'이란 무엇일까요? 백성이다, 민중이다 여러 해석이 있지만, 쉽게 말해서 '평범한 사람들'이라고 보는 것이 적절할 듯싶습니다. 그러면 평범한 사람들은 어떤 이야기를 즐겼는지 한번 살펴볼까요?

옛날에 가난한 노총각이 살고 있었습니다. 하루는 산에서 나무를 하고 잠시 쉬고 있는데, 어떤 새가 나타나더니 걸을 때마다 '비지, 비지' 하고 우는 것이었습니다. 노총각은 신기해하면서 엽전 한 냥을 주고 새에게 깃털을 샀습니다. 그리고 일을 마치고 돌아오는데, 다음 고개에서 또 어떤 새가 '배지, 배지' 하고 우는 것이었습니다. 이번에도 노총각은 신기해하며 엽전 한 냥을 주고 새에게 깃털을 샀습니다. 계속 길을 가는데, 이번에는 그다음 고개에서 '덩더꿍, 덩더꿍' 하고 새가 우는 것이었습니다. 노총각은 마지막 남은 엽전 한 냥까지 내주고는 새에게 깃털을 샀습니다. 그렇게 돌아오는데, 갑자기 어떤 노인이 나타났습니다. 노인은 노총각에게 지금까지 산 깃털을 양반집 처녀가 오줌 눈 자리에 꽂아두라고 알려주고는 사라졌습니다.

노총각이 마을로 돌아왔는데 마침 어느 양반집 처녀가 뒷마당에다 오줌을 누고는 들어가는 것이었습니다. 노총각은 처녀가 오줌 눈 자리에다 새의 깃털 세 개를 꽂았습니다. 그러자 그 뒤로 처녀가 걸을 때마다 '비지, 배지, 덩더꿍' 하는 소리가 나는 것이었습니다. 처녀는 너무도 창피해서 그만 병이 나고 말았습니다. 처녀의 아버지는 누구든 딸의 병을 고쳐주는 사람을 사위로 삼겠다고 방을 붙였습니다. 수많은 의원과 총각들이 나섰지만, 아무도 처녀의 병을 고치지 못하였습니다. 노총각은 적당히 시일을 기다리다가 사람들이 뜸해질 무렵 처녀의 집을 찾아갔습니다. 노총각은 맥을 짚는 척하고는 거짓으로 약을 먹게 하였습니다. 그런 뒤 뒷마당에 꽂아둔 새의 깃털을 뽑아 처녀의 병을 낫게 하였습니다. 그런데 처녀의 아버지는 딸의 병이 쉽게 나은 것을 보고 사위 삼겠다는 약속을 차일피일 미루는 것이었습니다.

그러자 노총각은 아무도 몰래 다시 처녀의 집 뒷마당에 새의 깃털을 꽂아두었고, 그 뒤로 또 처녀는 걸을 때마다 '비지, 배지, 덩더꿍' 하는 소

리가 나게 되어 다시금 병들어 누웠습니다. 노총각은 처녀의 아버지를 찾아가 혼인을 먼저 치르면 병을 고쳐주겠다고 하였습니다. 할 수 없이 처녀의 아버지는 그러겠다고 하였고, 결국 노총각은 처녀와 결혼하여 행복하게 살았습니다. -〈새털로 장가간 총각〉

참 어이가 없으면서도 재미있는 이야기이지요? 이 이야기의 주인공은 신처럼 초월적인 존재도, 전설에 나오는 비범한 인물도 아닙니다. 아무것도 가진 것 없고 결혼도 못한 가난한 노총각일 뿐입니다. 이름조차 언급되지 않는 아주 평범한, 아니 어찌 보면 미천한 사람입니다. 그런데 이 노총각이 우연히 새 깃털을 얻게 되고 그 우연한 행운 덕분에 양반집 처녀와 혼인까지 하게 됩니다.

사실 현실에서는 전혀 일어날 법하지 않은 엉뚱한 일이지요. 어떤 사람은 허황되다고 여길지도 모릅니다. 그럼에도 사람들은 이러한 민담을 즐겼습니다. 왜일까요? 이야기를 말하고 들으며 즐기던 사람들이 바로 민담의 주인공처럼 평범하거나 미천한 사람들이었기 때문입니다. 사람들은 자신들처럼 보잘것없는 주인공이 우연히 큰 행운을 얻어 잘살게 되는 이야기를 좋아했습니다. 대리만족을 느끼면서 현실의 고통을 잊을 수 있고, 막연하게나마 이야기를 통해 희망을 가질 수도 있었기 때문이겠지요.

민담에서는 시간이나 공간이 전혀 중요하지 않습니다. 증거물 같은 것은 당연히 문제가 되지 않지요. 사람들은 허황된 이야기라고 생각되어도 미천한 인물이 행복한 결말을 맞게 되는 것을 좋아했습니다. 평범한 사람들인 '민'에 가장 가깝고도 어울리는 이야기이기 때문입니다.

4. 옛이야기의 세 갈래

지금까지 다양하고 풍부한 옛이야기들을 크게 신화, 전설, 민담으로 구분해보았습니다. 신화는 신성성을 지닌 초월적인 이야기, 전설은 비범한 인물이 비극적 결말을 맞이하는 내용으로 구체적인 증거물과 함께 전해지는 이야기, 민담은 평범하거나 미천한 인물이 행복한 결말을 맞는 이야기라고 했습니다. 이렇게 옛이야기를 세 갈래로 나누는 것은 우리나라에서만 사용되는 구분법이 아니라 전 세계적으로 통용되는 것입니다.

사실 편의상 이렇게 나누기는 하지만, 이야기에 따라서는 이것이 신화인지 전설인지 또는 민담인지 헷갈리는 이야기들이 많습니다. 하지만 그렇다고 연연할 필요는 전혀 없습니다. 이것은 어디까지나 이야기의 특징을 좀 더 잘 이해하고자 하는 편의에서 나눈 것일 뿐, 절대적인 것이 아니기 때문입니다.

그러면 각각의 이야기들이 신화·전설·민담 중 어디에 속하는지, 헷갈리는 이야기들이 있다면 그것은 무엇 때문인지, 이제부터 옛이야기의 세계로 들어가 함께 살펴볼까요?

Q. 신화, 전설, 민담은 오늘날에는 더는 만들어지지 않나요?

A. 앞서 소개한 신화, 전설, 민담을 옛이야기라고 했지만 사실 이것들이 '옛'이야기에만 속하는 것은 아닙니다. 이야기는 사람이 있는 곳이라면 언제 어디서나 만들어질 수 있는 것으로, 요즘에도 신화나 전설 또는 민담이 생겨날 수 있기 때문입니다. 아주 오랜 옛날부터 전해오는 옛이야기는 아니지만 오늘날에도 전설처럼 사람들의 입에서 입으로 퍼지는 이야기가 있습니다.

예를 들면 "어느 학교에서는 소풍이나 운동회 등 행사가 있는 날이면 항상 비가 옵니다. 학교를 세우는 과정에서 큰 뱀이 한 마리 나왔는데, 인부들이 그것을 죽였기 때문입니다."처럼 여러 학교에서 전해지는 이야기 말이지요. 또한 초등학교에는 여러 개의 동상이 있기 마련인데, 그 동상들이 밤마다 살아서 움직인다는 이야기도 많이 전합니다. 이뿐만 아니라 아이들을 납치해가는 〈홍콩할매귀신〉 이야기나 순진한 아이들을 해치는 〈흑장미파〉 이야기, 연쇄살인범 〈빨간 마스크〉 이야기 따위도 최근에 만들어져 전해지는 이야기입니다.

이처럼 이야기는 오늘날에도 여전히 생성되고 있습니다. 아직은 옛이야기의 범주에 들 수 없겠지만, 시간이 아주 많이 흐르게 되면 이것 또한 미래에는 '옛이야기'로 여겨질 것입니다.

그러면 최근에 만들어진 이야기 가운데 너무도 유명해져서 영화로까지 제작된 현대판 전설을 한 편 볼까요?

〈학교 괴담〉

어느 학교에 늘 1, 2등을 다투는 두 아이가 있었습니다. 매번 2등을 하는 아이는 아무리 노력해도 1등을 하지 못하자 좌절에 빠지고 말았습니다. 그러던 어느 날 항상 1등을 하는 아이가 옥상에서 혼자 쉬고 있는 것을 보게 되었습니다. 순간 2등을 하는 아이 머릿속에 '저 아이가 없으면 내가 1등을 할 수 있을 텐데' 하는 생각이 스쳐 지나갔습니다. 그래서 살며시 다가가 그 아이를 옥상 아래로 떠밀었고, 1등을 하던 아이는 건물에서 떨어져 머리를 다쳐 죽고 말았습니다. 그 뒤로 매번 2등을 하던 아이는 항상 1등만 하게 되었습니다.

그러던 어느 날 2등을 하던 아이가 시험 기간이 되어 혼자 밤늦게까지 학교에 남아 공부하고 있는데 어디선가 이상한 소리가 들려왔습니다. "여기도 없네?", "여기도 없네?" 하는 소리였습니다. 그 소리가 점점 가까워졌습니다. 갑자기 무서운 생각이 든 아이는 책상 밑으로 숨었습니다. 이내 교실 문이 열리더니 "너 여기 있구나." 하며 머리가 거꾸로 붙은 죽은 아이가 통통 튀어 왔습니다.

2부

신화의 세계

제3장

세상은 어떻게 생겨났을까?

1. 세상과 인간의 기원, 창세신화

어릴 때 부모님에게 "난 어떻게 태어났어?" 하고 물어본 경험이 한 번쯤은 있을 것입니다. 이러한 궁금증은 인간이라면 누구나 가질 법한 것이지요. 세상과 인간의 근원에 관해서는 여전히 수수께끼처럼 풀리지 않는 점이 많기 때문입니다.

그런데 이 세상이 어떻게 생겨났는지, 인류가 어떻게 출현하게 되었는지에 대해 옛이야기에서도 암시를 줍니다. 바로 창세신화(創世神話)를 통해서 말이지요. 세계 곳곳에서는 세상의 창조와 인류의 출현을 이야기해주는 신화가 다양하게 전해집니다. 우리나라에서도 마찬가지입니다. 그러면 우리나라에서 전해오는 창세신화를 한번 살펴볼까요?

하늘과 땅이 생길 적에 미륵이 탄생하였습니다. 처음에는 하늘과 땅이 나뉘지 않은 상태였는데, 하늘이 솥뚜껑 손잡이처럼 볼록하게 도드라지자 미륵이 땅의 네 귀퉁이에 구리 기둥을 세워 하늘과 땅을 분리하였습니다. 이 시절에는 해와 달이 각각 두 개씩이었는데, 미륵이 달을 하나 떼어 북두칠성과 남두칠성을 만들고, 해를 하나 떼어 큰 별과 작은 별을 만들었습니다. 그런 다음 미륵은 칡넝쿨로 베를 짜서 칡 장삼(長衫)을 해 입었는데, 산처럼 큰 천으로도 등을 다 덮을 수 없을 만큼 몸집이 어마어마하였습니다. 옷을 해 입은 뒤 미륵은 물과 불의 근본을 알아내기 위해 길을 떠났습니다. 길을 가다가 쥐의 말을 듣고는 금덩산으로 들어가 차돌과 시우쇠(무쇠를 달구어 만든 쇠붙이)를 톡톡 쳐서 불을 만들었고, 개구리의 말을 듣고는 소하산에 들어가 샘을 찾아 물의 근본을 알게 되었습니다. 이렇게 세상을 만든 뒤, 미륵은 금쟁반과 은쟁반을 양손에 들고 하늘에 축수(祝手: 손바닥을 마주 대고 비는 것)하였습니다. 그러자 하늘에서 금벌레과 은벌레가 다섯 마리씩 내려와 금벌레는 남자로, 은벌레는 여자로 변하였습니다. 남자와 여자는 다섯 쌍의 부부가 되었고, 그 뒤로 인류가 번성하게 되었습니다.

그렇게 미륵이 평화롭게 인간 세상을 잘 다스리고 있는데 어느 날 갑자기 석가가 등장하더니 미륵을 찾아와 인간 세상을 내놓으라고 생떼를 부렸습니다. 미륵은 기가 막혔지만 석가의 도전을 받고 인간 세상을 차지하기 위한 내기를 하게 되었습니다. 첫 번째로 바다 한가운데에 미륵은 금병에, 석가는 은병에 줄을 매달아 넣고 누구 줄이 먼저 끊어지는지 내기를 하였는데, 석가의 것이 먼저 끊어졌습니다. 두 번째로는 여름에 강물을 얼어붙게 하는 내기를 하였는데, 미륵은 금세 얼려버렸지만 석가는 그러지를 못하였습니다. 석가는 마지막으로 잠을 자면서 무릎에 모란꽃을 피우는 내기를 제안하였습니다. 그리하여 둘이 잠을 자는데, 미륵의 무릎에서는 꽃이 피는데 석가의 무릎에서는 도무지 꽃이 피지 않았습니다. 석가는 미륵이 잠든 틈을 타 미륵이 피운 꽃을 가져다 자기 무릎에 꽂았고, 결국 승리를 차지하게 되었습니다. 미륵은 석가에게 인간 세상을 내어주고는 사라져버렸습니다. 그리고 석가의 이러한 부당한 승리로 인간 세상에는 온갖 부정한 것들이 생겨나게 되었다고 합니다. -〈창세가〉

이것은 우리나라의 관북·관서 지방에서 전해지는 창세신화입니다. 세상이 만들어지는 이야기가 비단 성경이나 그리스·로마 신화에만 있는 것이 아니라, 이렇게 우리나라에도 있습니다. '창세가'라고도 부르는데, '세상의 창조에 관한 노래'라는 뜻입니다. 그렇다면 창조의 주역신은 누구일까요? 바로 '미륵'이지요.

우선 이 이야기를 찬찬히 살펴봅시다. 본래 하늘과 땅은 서로 들러붙어 있었다고 합니다. 하늘과 땅이 나뉘어 있지 않은 세상은 일직선으로 된, 아무것도 없는 무(無)인 셈이지요. 그런데 어느 순간 하늘이 점점 솥뚜껑 손잡이처럼 볼록해졌다고 하는데, 그제야 비로소 틈새가 생긴 것입니다. 이를 놓치지 않고 미륵이 땅의 네 귀퉁이에 구리 기둥을 받쳐 세워 하늘과 땅을 완전하게 분리합니다. 자, 그러면 세상의 모양이 어떤지 상상해볼 수 있겠지요? 하늘은 가마솥 뚜껑처럼 둥그렇고, 땅은 네모진 천원지방(天圓地方)의 형태인 것입니다.

그다음에 신화는 해와 달과 별에 대해 이야기합니다. 본래는 해와 달이 각각 두 개씩 있었다고 하는데, 그때의 세상은 어떠했을까요? 낮에는 너무 뜨겁고, 밤에는 너무 추워서 살기가 어려웠을 것입니다. 그래서 미륵은 온도를 적절하게 맞추기 위해 해와 달을 하나씩만 남겨두고 나머지는 별로 만든 것이지요. 이렇게 세상의 모양을 갖춰놓은 뒤에 미륵은 옷을 만들어 입습니다. 이때 옷을 만든 천이 등을 덮는 데만도 높은 산자락을 덮어버릴 정도였다니, 미륵이 엄청난 거인이었음을 알 수 있습니다.

마지막으로 미륵이 만든 것이 무엇이었지요? 그렇지요, 인간입니다. 성경에서도 인간을 가장 마지막 날에 만들지요. 그런데 미륵은 성경에서처럼 인간을 흙으로 직접 빚은 다음 코에다 혼을 불어넣는 방법으로 만들지는 않았습니다. 미륵은 하늘에 기도를 하여 금쟁반과 은쟁반에 각각 금벌레와 은벌레를 받습니다. 그 금벌레와 은벌레가 바로 인간이 된 것입니다. 그런데 미륵이 이미 신인데 금벌레와 은벌레를 내려주는 존재는 또 무엇일까요? 이를 통해 미륵이 인간을 만들어낸 신이 아니라, 미륵의 상위에 또 다른 신이 있다는 것을 우리는 짐작해볼 수 있습니다.

미륵이 세상을 만들어놓고 아주 평화롭게 다스리고 있는데, 갑자기 '석가'라는 존재가 나타나서는 부정한 방법으로 세상을 차지하게 됩니다. 석가가 출현하는 것에서부터 승리를 차지하는 과정이 참으로 추잡했지요? 그래서 인간 세상에 온갖 죄악이 넘쳐나게 되었다고 합니다.

그런데 이 이야기에 등장하는 '미륵'이나 '석가'를 오늘의 불교에서 말하는 신과 동일한 존재로 이해해서는 안 됩니다. 이것은 전해 내려오는 창세신화일 뿐이고, 여기서 말하는 '미륵'이나 '석가'라는 이름은 전통의 우리 신화가 불교의 영향을 받은 것이라고 이해하면 될 것입니다.

2. 신성한 은유의 상징

신화를 글자 그대로 풀이하면 '신에 관한 이야기'라는 뜻입니다. 하지만 단순히 '신에 관한 이야기'라고만 말하기에는 그 의미가 축소된 부분이 있습니다. 왜냐하면 신화는 과학으로 설명하기 힘든 세계의 비밀과 이치를 담고 있기 때문입니다. 사실 신화를 명확하게 정의하기는 어렵습니다. 〈창세가〉에서도 보았듯이 '미륵'이나 '석가'라는 신의 이야기가 펼쳐지기도 하지만, 한편으로는 하늘에 해와 달과 별이 생겨난 유래라든지 인간이 생겨나게 된 기원, 옷을 해 입게 된 기원 등도 나타나기 때문입니다. 그뿐만 아니라 신에 대한 인식이나 세상의 형태에 대한 인식까지도 한 편의 신화에 모두 담겨 있습니다.

앞에서 〈창세가〉에 나오는 인간의 탄생 과정을 보면서 성경의 〈천지창조〉 이야기와 연관을 지어보았습니다. 그러면 성경에 나오는 이야기도 신화로 볼 수 있을까요? 신화는 일차적으로 '신'에 관한 이야기입니다. 흔히 신이란 존재는 종교의 믿음에서 비롯되기 때문에 신화에 대해 말할 때 종교와의 관계를 빼놓을 수가 없습니다.

사람들은 왜 종교를 믿는 것일까요? 아마도 자신이 믿는 신에게 어려운 일을 의지하고 세상을 살아가는 용기와 힘을 얻기 위해서 종교 활동을 하는 것이겠지요. 자신이 따르는 신이 자신의 현재와 미래를 도와

줄 것이라고 굳게 믿는 것이지요. 그러면서 동시에 자신이 그 신을 무시하면 어떤 벌을 받게 될지도 모른다고 생각합니다. 이렇게 신을 존경하면서도 두려워하는 마음이 신을 신성하게 여기게 합니다. 그리고 이 신성성(神聖性)이 신화를 신화답게 만드는 핵심적 역할을 하는 것이지요. 만약 신화를 전하는 집단이 그 이야기를 신성하게 여기지 않으면 그것은 신화로서의 본질을 잃어버리고 마는 것입니다.

신성성과 더불어 신화의 빼놓을 수 없는 특징은 은유나 상징으로 이루어져 있다는 점입니다. 즉, 신화는 눈에 보이는 그대로를 사실적으로 묘사하지 않고 다른 사물이나 감정에 빗대어 에둘러서 표현하고 있다는 뜻입니다. 가령 "내 마음은 호수요."라고 했을 때, 내 마음이 호수일 수는 없지요. 이는 내 마음이 호수처럼 잔잔하고 맑은 상태라는 것을 은유적으로 표현한 것입니다. 또 다른 예를 들어보면 〈주몽 신화〉에서 햇빛이 유화의 몸을 비추어 유화가 알을 낳게 되었고 그 알에서 주몽이 태어났는데, 이때 햇빛이 배를 비추었다는 것은 그날이 단순히 맑은 날이었다는 의미가 아니라 바로 주몽의 아버지가 하늘의 태양신임을 상징하는 것입니다. 이 때문에 햇빛을 비추는 것만으로 유화가 자식을 갖게 되는 것이지요. 주몽이 태양의 형상을 닮은 '알'에서 태어났다는 것 또한 그것을 반증해줍니다. 이렇게 은유나 상징으로 신화가 이루어져 있다는 것은, 신화에서 보이는 내용 그대로가 아니라 또 다른 의미를 담고 있다는 뜻입니다. 그래서 신화는 문맥 그대로만 이해해서는 안 되고 그 안에 담긴 상징적인 의미까지 폭넓게 생각해야 합니다. 이를테면 그리스·로마 신화에 등장하는 신들이 인간의 형상을 하고 인간처럼 행동하지만 제우스를 구름으로, 아폴론을 태양으로, 헤라를 바람이라는 자연의 이치로 생각하는 것처럼 말이지요.

이처럼 신화는 우주 자연의 근원을 신이란 주인공을 통해 풀어나간 신성한 이야기로, 은유와 상징으로 이루어져 있는 것입니다.

3. 입으로 전해진 신화, 글로 전해진 신화

이번에는 세상의 기원과 관련된 신화에 이어 건국과 관련된 신화를 보겠습니다. 앞에서 〈주몽 신화〉를 통해 고구려의 신화를 보았으니, 여기서는 신라의 신화를 살펴볼까요?

> 신라 남해왕 때 한 할머니가 바다에서 고기를 잡고 있는데, 하루는 까치들이 떼를 지어 날며 울고 있는 것을 보았습니다. 이상히 여겨 다가가보았더니, 거기에 배 한 척이 있는데 배 안에 큰 궤짝이 있는 것이었습니다. 궤짝을 열자 안에는 단정하게 생긴 사내아이와 온갖 보물과 노비 둘이 있었습니다. 할머니가 아이를 데리고 와 7일 동안 정성껏 보살펴주자 아이는 "나는 본래 용성국(龍城國) 사람입니다. 알로 태어나 버림받아 이곳에 닿은 것입니다."라고 고백하였습니다. 아이는 말을 마치고는, 지팡이를 끌고 두 노비를 데리고 토함산에 올라가 돌무덤을 파고 7일 동안 머물렀습니다. 그 후 아이는 주변을 돌아다니며 살 만한 곳을 물색하다가 호공이란 사람의 집이 좋은 것을 보았습니다. 아이는 옳다구나 싶어서 호공 집 근처에 가서 몰래 숫돌과 숯을 묻어두고 돌아왔습니다. 다음 날 아침 호공을 찾아가서는 "이 집은 나의 조상이 대대로 살았던 집이니 돌려주십시

오." 하고 우겨댔습니다. 당연히 호공이 이 말을 듣지 않자 아이는 관가에 고발하여 "나는 본래 대장장이로, 잠시 집을 비운 사이 다른 자가 차지한 것이니, 그 땅을 파보면 알 것입니다." 하고 주장하였습니다. 과연 그 말대로 호공의 집 근처의 땅을 파보니 숫돌과 숯이 있어서 아이가 호공의 집을 차지하게 되었습니다. 이 아이가 바로 탈해입니다. 나중에 남해왕이 탈해의 슬기로움을 알고는 맏사위로 삼았습니다.

탈해가 토함산에서 내려오는 도중에 백의에게 물을 떠오라 하였는데, 백의가 우물에서 물을 떠오다가 먼저 그 물을 마시자 물그릇이 입에 붙어 떨어지지 않았습니다. 탈해가 꾸짖고 백의가 사죄하니 그제야 비로소 그릇이 떨어졌습니다. 그 후로 백의는 탈해가 두려워 속이지 않았습니

> 다. 후에 탈해는 왕이 되었지만, 왕에 오른 지 23년 만에 죽었습니다.
>
> 탈해왕을 장사 지내는데 갑자기 탈해의 신령이 나타나 "나의 뼈를 묻으라." 하였고 이에 탈해왕의 뼈를 모으자 그 크기가 엄청났다고 합니다. 사람들이 탈해왕의 뼈를 부수어 상(像)으로 만들어 대궐에 모시자 다시 탈해의 신령이 나타나 그 상을 동악(토함산)에 봉안하라고 하였습니다. 그 뒤 나라에서는 계속 그를 동악신으로 모셨습니다. –〈석탈해 신화〉

이것은 『삼국유사』에 실려 있는 이야기입니다. 석탈해는 신라의 제4대 왕으로서 엄밀히 말하면 나라를 건국한 시조는 아닙니다. 그러나 신라는 박혁거세, 석탈해, 김알지의 순으로 박·석·김 세 성씨가 돌아가며 왕을 맡았으므로 각각 인물에 관한 이야기를 넓은 의미에서 신라의 건국신화로 보기도 합니다. 이런 의미에서 석탈해의 출생에서부터 즉위 이후의 과정을 보여주는 이 이야기는 신화로 볼 수 있습니다.

석탈해는 본래 용성국에서 태어난 고귀한 신분인데, 알에서 태어났다는 이유로 궤짝에 담긴 채로 버림을 받았다고 합니다. '용성국'이 어디인지는 정확히 알 수 없지만, '용(龍)'이라는 단어와 바다를 통해 왔다는 점으로 미루어 용왕이 사는 세계 정도로 해석해볼 수 있을 것입니다.

또 '알'은 하나의 세계를 깨고 나가기 위한 '시련'이란 의미가 강한데, 석탈해는 '알'을 깨고 나온 것은 물론 '궤짝'에서도 벗어나게 되지요. 나중에는 토함산에서 7일 동안 머무르는데, 이것 역시 상징적 죽음을 의미하는 것으로 영웅이 되기 위한 시련으로 해석할 수 있습니다. '석탈해(昔脫解)'라는 이름은, 까치들이 인도해주었다 하여 '까치 작(鵲)'

자에서 '새 조(鳥)' 자를 떼고 '석(昔)'이라고 한 것이고, 궤짝에 넣어둔 것을 풀고 나왔기에 '벗어날 탈(脫)'과 '풀 해(解)'를 써서 '탈해(脫解)'라고 한 것이라고 합니다.

이렇게 세상에 나온 석탈해는 꾀를 이용해 호공의 집을 차지하게 됩니다. 스스로를 대장장이라 칭한 것을 보면, 이 시기가 철기시대 즈음일 것으로 예측하게도 해줍니다.

앞에서 본 〈창세가〉가 우주 만물의 기원을 노래한 자연신화라면, 〈석탈해 신화〉는 나라가 세워지게 된 과정에 대해 이야기한, 즉 문화가 만들어진 것을 의미하는 인문신화라고 할 수 있습니다. 또 〈창세가〉를 '노래한'이라고 표현하고 〈석탈해 신화〉를 '이야기한'이라고 표현한 것은, 앞의 것은 무당을 통해 제의 과정에서 입으로 불리기 때문이고, 뒤의 것은 문헌으로 기록되어 전해지기 때문입니다. 이렇게 성격은 서로 다르지만 둘 다 신성성을 기반으로 하고 있고, 자연현상이나 나라의 기원을 이야기하고 있다는 점에서는 공통적이라고 할 수 있습니다.

4. 변모하는 신화

만약에 신화에서 신성성이 사라진다면 어떨까요? 신화의 핵심이 신성성이라고 했는데, 신성성을 잃으면 더는 신화로서의 기능을 하지 못하게 되겠지요. 자연신화가 오늘날 많이 남아 있기 어려운 것도 바로 신성성을 잃어버렸기 때문입니다. 해나 달을 보면서, 산과 강을 보면서 이제는 아무도 그것이 신성하다고 여기지 않습니다.

현재 전해지는 옛이야기 중에는 과거에는 신화였을 것이라고 짐작되는 이야기도 있습니다. 전설인지 민담인지 헷갈리는 이야기도 많습니다. 그런 이야기들 중에서 한 편을 같이 한번 볼까요?

늙은 어머니가 어린 오누이를 집에 남겨둔 채 부잣집에 품일을 해주고 떡을 얻어가지고 돌아오는 길이었습니다. 고개에서 웬 호랑이가 나타나서는 "할멈 할멈, 떡 하나 주면 안 잡아먹지." 하고는 어머니를 따라왔습니다. 어머니는 오누이에게 먹일 떡이라 아깝기는 하였지만 호랑이가 계속 따라오자 하는 수 없이 떡을 하나씩 내주었습니다. 그러다 어느덧 떡이 모두 떨어지게 되었고, 그래도 호랑이는 계속 "할멈 할멈, 떡 하나 주면 안 잡아먹지." 하고 쫓아왔습니다. 어머니는 팔을 내주고, 다리를 내주고, 그러다가 결국 호랑이에게 잡아먹히고 말았습니다. 호랑이는 어머니의 옷을 입고 머릿수건을 두르고는 어머니처럼 변장해서 오누이 집으로 찾아가 어머니의 목소리를 흉내 내며 문을 열라고 하였습니다. 오누이는 문구멍으로 내다보고는 호랑이인 줄 알아채고 뒷문으로 도망쳐 나무 위로 피하였습니다. 이에 호랑이가 화가 나 오누이를 쫓아 나무 위로 따라 올라갔습니다. 오누이는 오들오들 떨면서 살려달라고 하늘에 빌었습니다. 호랑이가 힘껏 팔을 뻗어 잡으려는 찰나, 오누이는 하늘에서 내려준 쇠줄을 타고 하늘로 올라갔습니다. 호랑이도 오누이처럼 하늘에 빌었는데 하늘에서 썩은 동아줄을 내려주었습니다. 호랑이는 오누이를 쫓아 하늘로 올랐지만 줄이 그만 끊어져 수숫대 위로 떨어져 똥구멍이 찔려 죽었습니다. 그래서 수숫대 끝이 빨갛다고 합니다. 오누이는 하늘로 올라가 오빠는 해가 되고, 동생은 달이 되었습니다. 그러나 동생이 밤을 무서워하여 역할을 바꾸어

오빠는 달, 동생은 해가 되었습니다. 동생은 낮에 사람들이 쳐다보는 것이 부끄러워 강력한 빛을 뿜어낸다고 합니다. -〈해와 달이 된 오누이〉

이 이야기는 다들 한번쯤은 들어본 적이 있을 것입니다. 그런데 이 이야기는 신화일까요, 전설일까요, 아니면 민담일까요? 창세신화에서 해와 달의 기원을 이야기한 것처럼, 여기에서도 해와 달이 생겨난 유래를 이야기하고 있으므로 신화라고 볼 수 있을 것입니다. 그러나 요즘엔 아무도 이 이야기를 신성하게 여기지 않습니다. 해와 달이라는 자연물을 증거물이라고 본다면 전설로도 볼 수 있을 것입니다. 하지만 전설은 주로 특정한 지역에 있는 구체적인 증거물을 중심으로 전해지는 이야기입니다. 해와 달처럼 어디에서나 볼 수 있는 자연물은 전설의 증거라고 하기엔 지나치게 범위가 넓다는 느낌이 듭니다. 이야기 자체에서 느껴지는 흥취는 어떠한가요? 신성하다거나 비극적이라는 느낌보다는 흥미롭고 재미있다는 느낌이 더 많이 들지 않나요? 호랑이가 어머니로 변장하고 오누이를 속이려는 장면이라든지, 호랑이가 오누이를 잡아먹으려다 결국에는 수숫대에 똥구멍이 찔려 죽게 되는 모습을 보면 이 이야기는 오락적 요소가 강조된 민담이라고도 볼 수 있을 것입니다.

이 이야기도 처음에는 신화였을 것입니다. 실제로 이 이야기는 우리나라뿐만 아니라 전 세계적으로 분포하고 있습니다. 흔히 에스키모인이라고 불리는 이누이트 족에서 전승되는 신화에도 이와 비슷한 이야기가 있습니다.

> 옛날에 한 부부가 바닷가 외딴 마을에 살고 있었는데, 그들에게는 아들과 딸이 있었습니다. 그런데 성장하면서 오빠가 여동생을 사랑하게 되었습니다. 오빠가 줄기차게 쫓아다니자 동생은 하늘로 피신해 달이 되었습니다. 오빠는 포기하지 않고 해의 형상으로 동생을 끊임없이 따라다녔습니다. 때때로 오빠는 동생을 껴안는 데 성공하여 월식을 일으키기도 하였습니다. -〈이누이트 족 해와 달 신화〉

〈해와 달이 된 오누이〉와 이 신화는 오누이가 주인공이라는 점과 해와 달이 되었다는 점, 그리고 쫓는 이와 쫓기는 이가 있다는 점 등 이야기의 큰 줄기에서 공통점을 보입니다. 이에 반해 〈해와 달이 된 오누이〉에는 호랑이라는 공통의 적이 있고 오누이를 보호하려는 존재로 어머니가 등장한다는 점이 큰 차이입니다. 호랑이가 등장한 것에 대해서는 신화가 민담으로 변화하는 과정에서 오누이를 결속시키는 새로운 악인이 등장했다고 보는 시각이 많습니다. 또 어머니라는 존재는 다른 나라와 구별되는 우리나라만의 독특함이 드러난 것이라고 보기도 합니다. 이처럼 본래 신화였을 이야기가 시간이 지남에 따라, 그리고 장소가 변함에 따라 신성성을 잃고 전설이나 민담으로 변모되는 경우도 많이 있습니다.

오늘날에는 신성성을 지닌 이야기가 예전만큼 전해지지 않습니다. 과학과 지식이 고도로 발달하면서 사람들은 눈에 보이지 않는 신을 그다지 두려워하지 않게 되었고, 심지어는 과연 신이 있느냐고 논쟁을 벌이기도 합니다. 이러한 상황을 감안해본다면 신화가 신성성을 잃어가는 것은 어쩌면 자연스러운 일일지도 모릅니다.

하지만 신성성이 사라졌다고 해서 이야기가 완전히 사라지는 것은 아닙니다. 시대와 공간의 변화에 맞추어 이야기도 변화하기 때문입니다. 이야기가 특정한 시대와 상황에 맞게 변모해가는 것은 이야기 자체가 지닌 성격이라고 할 수 있을 것입니다. 〈해와 달이 된 오누이〉에서 신화의 흔적을 느낄 수 있었던 것처럼, 이야기가 오락성을 강조하는 방향으로 변했다고 해서 그것이 본래 지니고 있던 근원적인 성격까지 모두 없어지는 것은 아닙니다. 어느 순간, 시대가 또 변하여 신성성을 다시 획득하게 된다면 이 이야기는 숭고한 신화로 인식될 수도 있는 것이지요. 이것이 바로 우리 옛이야기의 매력이기도 합니다.

Q. 다른 나라에도 창세신화가 전해지나요?

A. 우리가 살고 있는 이 세상이 어떻게 만들어졌는지에 대해서는 세상 모든 사람들이 궁금해할 것입니다. 그래서인지 다른 나라에서도 각양각색의 창세신화가 전해지고 있습니다. 몽골이나 시베리아 등 동북아시아 여러 부족에서는 세상이 처음에 물과 흙이 뒤섞인 혼돈의 상태였는데, 할미새나 오리가 나타나 물과 흙을 분리하여 바다와 땅을 만들었다는 이야기가 전합니다.

그러면 우리나라와 가까운 일본에도 창세신화가 있을까요? 일본은 〈모노노케 히메〉나 〈센과 치히로의 행방불명〉과 같은 여러 애니메이션들이 증명하듯, 신이 많은 나라입니다. 일본을 여행하면 곳곳에 신을 모신 신사(神祠)를 볼 수가 있지요. 신이 많은 일본에서 전해지는 창세신화는 어떠한지 한번 볼까요?

〈일본의 창세신화〉

태초에는 광활하고 기름기 많은 혼돈의 바다밖에 없었습니다. 이 혼돈의 바다에 온갖 것이 뒤섞여 있었는데, 하늘에서 이 바다를 내려다보던 세 명의 신이 이곳에 세상을 창조하기로 결정하였습니다. 신들은 세상을 창조하기 위해 우선 이자나기라는 남신과 이자나미라는 여신을 만들어냈습니다. 그리고 이자나기에게 세상을 창조하는 데 필요한, 보석으로 장식된 마법의 창을 주었습니다.

이자나기와 이자나미는 하늘에서 내려왔습니다. 아자나기가 창을 바닷속에 넣고 휘휘 돌리다가 꺼내니, 창끝에 바닷물 몇 방울이 굳은 채로 매달려 있었습니다. 그 방울들은 다시 바닷속으로 떨어져 섬을 이루게 되었습니다.

그런 일이 있고 나서 이자나기는 이자나미에게 그녀의 몸이 어떻게 생겼느냐고 물었습니다. 이자나미는 자신의 몸이 매우 아름답지만 다리 사이에 피부가 아물어 붙지 않은 이상한 부위가 있다고 대답하였습니다. 그 이야기를 듣고 이자나기는 자기 다리 사이에는 살이 튀어나온 부분이 있는데 이자나미는 그렇지 않다니 이상하게 생각하였습니다. 이자나기와 이자나미는 그 부위를 서로 합쳐보기로 하였습니다. 그런데 그렇게 하고 나니 갑자기 이자나미가 멋진 것들을 잉태하기 시작하는 것이었습니다.

그들이 제일 먼저 잉태한 것은 거머리였습니다. 그들은 거머리를 갈대 바구니에 담아 물에 떠내려 보냈습니다. 그래서 오늘날에도 거머리는 갈대가 있는 곳에 많이 산다고 합니다. 그다음에 이자나미는 거품으로 된 섬을 낳았는데, 그것은 아무짝에도 쓸모가 없었습니다. 그러나 몇 번 연습을 하고 난 뒤로는 일본의 섬들과 폭포, 산 등 여러 가지 아름다운 자연을 낳을 수 있게 되었습니다. 그 후 이자나미는 불의 정령을 낳았습니다. 그런데 불의 정령이 이자나미의 몸을 심하게 태워버려 이자나미는 중병을 앓게 되었습니다. 이자나미가 병들어 있는 동안, 그녀의 구토물은 모든 광산의 근원인 금산의 왕자와 공주가 되었습니다. 또 그녀의 대변은 흙이 되고, 소변은 만물 정령이 되었습니다.

그러나 이자나미 자신은 죽어가고 있었습니다. 이자나기는 이자나미가 밤의 나라로 내려가는 것을 보며 고통의 눈물을 흘리면서 가지 말라고 애원하였으나, 이자나미는 이미 자신이 그곳의 음식을 먹었기 때문에 어쩔 수 없다고 대답하였습니다.

그렇게 이자나미가 밤의 나라로 가버리자, 이자나기는 아내를 데려오기 위해 밤의 나라를 찾아갔습니다. 그러나 이자나기는 밤의 나라에서 이자나미가 이미 부패하기 시작한 것을 보고는 말문이 막히고 말았습니다. 이자나기는 아내를 찬찬히 들여다보다가 너무 겁이 나 도망치기 시작하였습니다. 이를 보고 이자나미는 추악한 밤의 정령에게 남편을 데려오라고 시켰습니다.

이자나기는 끔찍한 밤의 나라를 뒤로한 채, 겁에 질린 상태로 계속 도망쳐 달렸습니다. 달리면서 오른쪽 머리털에서 빗을 뽑아 던지니, 그 빗은 포도나무로 변하였습니다. 다시 왼쪽 머리털에서 빗을 뽑아 던지니, 이번에는 그 빗이 대나무 줄기로 변하였습니다. 추악한 밤의 정령이 포도나무와 대나무 줄기를 먹으려고 걸음을 멈춘 사이를 틈타 이자나기는 겨우 밤의 나라에서 빠져나올 수 있었습니다.

이자나미는 이번에는 천둥 정령 여덟 명과 밤의 나라 전사들을 보내 이자나기를 뒤쫓게 하였습니다. 그러나 이자나기는 그들을 모두 따돌리며 도망을 쳤습니다. 한참 도망을 치다 너무 숨이 차서 잠시 쉬려고 밤의 나라와 지상의 경계 부분에 있는 복숭아나무 아래에서 걸음을 멈추었습니다. 이자나미가 보낸 무리들이 가까이 다가오자 이자나기는 그들에게 복숭아를 던졌습니다. 그러자 의외로 그들은 겁을 먹고 달아나버렸습니다. 이리하여 오늘날까지도 사람들은 복숭아가 악귀를 쫓는 것으로 알고 있습니다.

이자나미는 이제 더는 참을 수 없을 정도로 화가 나 남편에게 소리쳤습니다. “계속 그렇게 도망친다면, 내가 지상에 있는 사람들을 하루에 천 명씩 목 졸라 죽이고야 말 겁니다!” 이자나기는 만일 이자나미가 그런 짓을 한다면 자기는 하루에 천 명씩 새로 사람이 태어나게 하겠다고 응수하였습니다. 이런 이유 때문에 세상에는 죽음이라는 것이 생기게 되었고, 그럼에도 인류가 아직까지 살아 있는 것입니다. 이자나기는 커다란 바위로 밤의 나라 입구를 막아버렸습니다. 이자나미의 영혼은 아직도 거기에 남아 죽은 자들을 다스린다고 합니다.

지상으로 돌아온 이자나기는 몹시 피곤해서 기력을 회복하기 위해 시냇물에 몸을 담갔습니다. 밤의 나라에서 묻혀온 오물들을 씻어내야 하였던 것입니다. 그런데 그가 몸을 씻을 때 그의 몸에서 남신과 여신들이 하나씩 태어났습니다. 그가 왼쪽 눈을 씻자 태양의 여신이자 황실의 여자 조상인 아마테라스오미카미가 태어났습니다. 오른쪽 눈을 씻자 쓰쿠요미노미코토, 즉 달의 신이 태어났습니다. 마지막으로 코를 씻자 폭풍의 신 스사노오가 태어났습니다.

제4장

우리의 여신들은 어떤 모습일까?

1. 입으로 전해지는 여신들

앞에서 본 〈주몽 신화〉나 〈석탈해 신화〉의 주인공은 모두 남성입니다. 웅녀에게서 나온 단군도, 알에서 태어난 박혁거세도 모두 남성입니다. 그렇다면 우리나라의 신들은 모두 남성일까요?

꼭 그렇지만은 않습니다. 신화는 크게 기록으로 전해지는 문헌 신화와 입으로 전해지는 구비 신화로 나눌 수 있습니다. 문헌 신화에서는 대체로 신들이 남성이지만, 구비 신화에서는 여성인 경우가 많습니다.

그런데 구비 신화에서도 핵심이 되는 것이 바로 무속 신화입니다. 무속 신화란 무당이 굿을 하면서 읊는 신에 관한 서사를 말합니다. 혹시 무당이 굿하는 장면을 본 적이 있나요? 무당은 굿을 하는 내내 끊임없이 노래를 부릅니다. 굿은 무당의 노래, 즉 무가(巫歌)로 이루어져 있다고 할 수 있습니다. 무당이 부르는 노래 중에는 이야기로 이루어진 노래가 있는데, 이를 일정한 줄거리가 있다고 하여 '서사무가'라고 합니다. 서사무가에는 주인공이 있기 마련인데 갖은 고난과 역경을 겪다가 결국에는 신이 됩니다. 그래서 신의 이야기라고 하여 '신화'라고 하는 것이고, 신이 되기까지의 근본을 푼다고 보아 '본풀이'라고도 부릅니다.

저승신이 된 '바리공주', 출산을 관장하는 삼신이 된 '당금애기', 농경신이 된 '자청비'의 이야기가 바로 무당들의 노래로 전해진 서사무가, 즉 무속 신화입니다. 특히 이 무속 신화의 주인공은 우리나라의 대표적인 여신이라고 할 수 있습니다. 문헌으로 주로 전해지는 남신에 비해 이들은 어떠한 면모를 지니고 있는지 한번 볼까요?

옛날에 천하궁에 사는 주상금마마와 중전부인이 혼인을 하려고 하였습니다. 나라의 중요한 일을 점치는 다지박사는 이들에게 혼사를 서두르지 말라고 당부하였지만, 둘은 이 말을 어기고 혼인을 합니다. 이로 인해 이들은 아이를 낳는 족족 딸을 낳게 되었습니다. 일곱 번째마저도 딸을 낳자 이들은 실망하여, 버려졌다는 의미인 '바리공주'로 이름을 지어주고는 그 딸을 버립니다. 바리공주는 비리공덕할아비와 비리공덕할미에게 거두어져 그들의 딸로 자라게 되었습니다.

세월이 흘러 바리공주의 부모가 죽을병에 걸렸습니다. 백약을 써도 듣지 않았는데, 다지박사는 이들에게 필요한 약이 무장승이 있는 곳인 저승에서 얻을 수 있는 약수와 꽃이라고 알려주었습니다. 부왕은 여섯 공주에게 저승에 가서 약수를 구해오라고 하지만, 여섯 공주는 갖은 핑계를 대면서 가지 않겠다고 하였습니다. 하는 수 없이 예전에 버린 일곱 번째 공주에게 부탁하기 위해 버려진 공주를 수소문하여 찾았고, 마침내 바리공주는 부모와 만나게 되었습니다.

바리공주는 기꺼이 약수와 꽃을 구해오겠다고 하고는 당장 남장(男裝)을 하고서 저승으로 떠났습니다. 저승까지 가는 동안 바리공주는 주문과 주술 도구로 지옥에서 신음하고 있는 이들을 구원해주었습니다. 그렇게 가다가 드디어 저승에 도착하여 무장승을 만나게 되었습니다. 무장승은 바리공주에게 나무하기 3년, 물 긷기 3년, 불 때기 3년을 하여 공덕을 쌓게 하고는, 자신과 혼인하여 아들 일곱을 낳아달라고 하였습니다. 바리공주는 그 모든 일을 순순히 해주면서 마침내 그곳에 있는 약수와 꽃을 구할 수 있었습니다.

> 바리공주는 약수와 꽃을 가지고 남편과 자식들과 함께 돌아오는 길에 부모님이 막 돌아가셨다는 소식을 들었습니다. 바리공주는 서둘러 가서 장례 행렬을 막고 약수와 꽃으로 부모를 되살렸습니다. 그리고 이러한 공적을 인정받아 바리공주는 무당들의 몸주 노릇을 하는 동시에 저승을 관장하는 신이 되었습니다. 또 아이들은 칠성신이, 무장승은 시왕군웅신이 되었습니다. –〈바리공주 신화〉

이 이야기는 우리나라의 대표적인 무속 신화로, 주인공이 여성입니다. 바리공주는 흔히 '바리데기'라고도 합니다. 버려졌다는 뜻의 '바리'에 '부엌데기', '소박데기'처럼 그 성질을 더 강화해주는 '–데기'가 붙어 버림받은 존재라는 것을 강조한 이름입니다. 하지만 여성이라고 해서 힘없고 나약한 모습으로 드러나는 것은 아닙니다. 어릴 때 부모에게 버림을 받았지만 자신을 버린 부모를 살리기 위해 기나긴 여정을 떠나고, 거기에서 갖은 고생을 하지만 결국 성공하여 돌아오는 용맹한 인물로 나타납니다.

바리공주에 대해 말할 때 우선은 그 효심(孝心)에 대해서 이야기를 합니다. 딸이라는 이유로 억울하게 부모에게 버림을 받았는데, 여섯 명의 언니들을 대신하여 버림받은 딸이 부모를 구하러 가기 때문이지요. 우리 옛이야기 중에서 '효심' 하면 가장 먼저 떠오르는 인물은 누구인가요? 아마도 심청이겠지요. 그런데 심청과 바리공주에게서 느껴지는 면모가 똑같지는 않을 것입니다. 심청은 아버지의 눈을 뜨게 하려고 공양미 300석을 받는 조건으로 인당수에 몸을 던집니다. 그리고 옥황상제에 의해 연꽃으로 환생하여 왕비가 되어 아버지를 다시 찾습니다. 이에 비해 바리공주는 그보다 직접적인 방법을 택합니다.

바리공주는 부모님을 살리기 위해 스스로 모험을 떠납니다. 머나먼 곳, 이승도 아닌 저승까지 가는 길에 지옥에서 고통받고 있는 자들을 구원해주고, 저승에 도착하여 무장승을 만난 뒤에도 나무하기 3년, 물 긷기 3년, 불 때기 3년 등 눈물겨운 고생을 합니다. 그러고도 모자라 또 무장승과 혼인하여 아들을 일곱이나 낳습니다. 여성으로서 겪을 만한 시련은 다 겪었다고 볼 수 있습니다. 하루라도 빨리 부모님을 살리기 위해 약수와 환생꽃을 얻어 돌아가야 하는데 시련은 끝이 없으니 바리공주는 얼마나 애가 탔을까요? 바리공주는 이렇게 오랜 세월 동안 모진 역경을 극복하고 나서야 비로소 부모님을 살릴 수 있는 약수와 환생꽃을 얻게 됩니다. 이는 심청이 인당수에 몸을 던지고 옥황상제의 도움을 받은 것과는 또 다른 차원의 희생 혹은 고난이라고 할 수 있습니다. 이처럼 적극적으로 모험을 떠나고 갖은 고초를 겪은 뒤에 자신을 버린 부모를 살리는 대담한 면모 때문에 바리공주를 '여성 영웅'이라고 보기도 합니다.

이렇게 바리공주가 약수와 환생꽃을 가져와 부모를 살리자, 부왕은 바리공주에게 신직(神職: 신의 지위)을 부여합니다. 저승까지 갔다 온 몸이므로 저승을 관장하는 신으로 좌정(坐定: 자리를 잡음)하게 한 것이지요. 지금도 〈바리공주 신화〉는 죽은 사람의 넋을 위로하여 극락왕생(極樂往生)을 기원하는 굿인 서울의 진오기굿이나 호남의 씻김굿, 동해안의 오구굿 등에서 불리고 있습니다. 또 이러한 행적 때문에 전국의 무당들은 바리공주를 몸주신, 즉 자신들의 조상신으로 여기게 된 것입니다.

2. 여전히 전승되는 여신 신화

남신의 이야기가 문헌을 통해서 전해진다면 여신의 이야기는 오늘날에도 여전히 굿의 현장에서 불리고 있습니다. 물론 우리나라의 대표적인 여신으로는 바리공주만 있는 것은 아닙니다. 〈바리공주 신화〉는 죽은 자를 추도하는 무가에서 불리는 것으로 전국에서 전해집니다. 이렇게 전국적으로 전해지는 신화가 있는가 하면 특정 지역에서만 전해지는 신화도 있습니다. 이를테면 제주도를 들 수 있습니다.

제주도는 예로부터 돌, 바람과 함께 여성이 많기로 유명합니다. 그래서인지 여신에 관한 신화도 많이 전해집니다. 제주도의 수많은 여신 가운데에서도 특히 그 일생이 파란만장한 농경신 '자청비'에 대해 한번 보도록 하겠습니다.

김진국 대감과 조진국 부인이 늦도록 자식이 없어 절에 가 재(齋)를 지내고 자식 얻기를 빌기로 하였는데, 가는 길이 멀어 다른 절에 가서 재를 지냈습니다. 그래서 아들 대신 딸을 점지 받게 되었고, 아기가 태어나자 이름을 자청비라고 지었습니다. 그런데 마침 김진국과 조진국 부부의 하녀도 한날한시에 아들을 낳았는데, 이름을 정수남이라고 하였습니다.

하루는 자청비가 빨래를 하고 있는데, 하늘 옥황에 사는 문 도령이 거무선생을 찾아 공부하러 가는 길에 자청비를 보고 마실 물을 청하였습니다. 자청비는 물을 뜨면서 버들잎도 같이 띄워 주었습니다. 문 도령이 불결하다고 화를 내자, 자청비는 급하게 물을 마시다 체할까 봐 그랬다고 하였습니다.

자청비는 문 도령을 보고 반하여 함께하고 싶은 마음이 생겼습니다. 그래서 자청비의 동생이라고 속이고 남장을 하고 문 도령을 따라갔습니다. 그리하여 문 도령과 함께 거무선생 밑에서 3년 동안 동문수학을 하게 되었는데, 무엇이든 자청비가 월등히 잘하였습니다. 가끔 문 도령은 자청비가 여성이 아닐까 의심하였지만 그럴 때마다 자청비는 지혜로써 위기를 모면하였습니다.

그러던 중 문 도령 집안에서 서수왕아기와 혼인하라는 전갈이 와 문 도령은 떠나게 되었고, 자청비도 집으로 돌아가겠다고 하면서 문 도령을 따라나섰습니다. 돌아오는 길에 자청비는 멱을 감자고 제안하여 문 도령에게 자신이 여자임을 밝혔고, 이에 문 도령은 함께 자청비의 집으로 가서 밤새 사랑을 나누었습니다.

그런 뒤 문 도령은 씨앗을 하나 남기고 하늘 옥황으로 떠났습니다. 자청비는 문 도령을 기다렸지만 씨앗이 열매를 맺을 때까지 연락이 없자 하인 정수남을 데리고 문 도령을 찾아 나섰습니다. 가는 도중 정수남이 겁탈

하려고 하자 자청비는 그를 죽여버렸습니다. 이를 알게 된 자청비의 부모는 하인이 얼마나 귀한 줄 모르냐면서 자청비를 쫓아냈습니다.

자청비는 남장을 하고 정처 없이 길을 가다 서천꽃밭을 관장하는 사라장자의 집에 낯선 부엉이가 나타나 울기 시작한 뒤로 흉한 일이 생긴다는 소문을 듣게 되었습니다. 자청비는 길에서 얻은 새의 눈에 화살을 꽂고 사라장자의 집으로 던져넣고는 자신이 잡은 새를 주우러 왔다고 하면서 사라장자를 찾아갔습니다. 사라장자는 반가워하면서 부엉이를 좀 잡아달라고 부탁하였습니다. 자청비가 보니 정수남의 죽은 넋이 부엉이가 되어 있는 것이었습니다. 자청비가 두 팔을 벌리자 부엉이가 날아와 안기더니 그 안에서 숨을 거두었습니다. 그리하여 사라장자는 자청비에게 선물로 서천꽃밭의 환생꽃을 주고 자청비를 자신의 셋째 사위로 삼았습니다.

사라장자의 셋째 딸은 몇 날 며칠이 지나도록 남편이 몸을 허락하지 않으니 애가 탔습니다. 이에 자청비는 도모하는 일이 있어 그런 것이라 둘러대고는 그곳을 떠나왔습니다. 자청비는 환생꽃으로 정수남을 살아나게 해 부모에게 돌아갔는데, 부모는 사람을 죽였다 살렸다 하는 요망한 년이라고 욕을 하면서 또 자청비를 내쫓았습니다.

그렇게 다시 집에서 쫓겨난 자청비는 주모산 주모할멈의 수양딸로 들어가 비단을 짜게 되었습니다. 그런데 그것이 하필이면 문 도령과 서수왕아기의 결혼식에 쓸 비단이었던 것입니다. 서글퍼진 자청비는 비단에 자신의 이름을 새겨넣었고, 이를 알아본 문 도령이 당장 자청비를 찾아왔습니다. 그러나 자청비는 심술이 나서 문을 열어주지 않고 대신 문틈으로 문 도령의 손가락을 바늘로 찔러 하늘 옥황으로 돌아가게 만들었습니다. 그리고 이 일 때문에 자청비는 주모할멈에게도 내쫓기게 되었습니다.

길을 헤매다 자청비는 우연히 하늘 옥황에서 내려온 선녀들을 만나게 되었습니다. 선녀들은 문 도령의 명령으로 자청비와 멱을 감던 강에서 물을 떠가려고 온 것이었습니다. 자청비는 이들에게 강이 어딘지 알려주고 그 대가로 선녀들을 따라 하늘로 올라가 문 도령과 재회하게 되었습니다.

문 도령은 부모님에게 묵은 것이 좋은지 햇것이 좋은지 물었습니다. 그때마다 부모님은 묵은 것이 좋다고 대답하였습니다. 여기에 힘입어 문 도령은 서수왕아기에게 장가들지 않고 자청비와 살겠다고 하였습니다. 이에 부모는 며느리 자격을 알아봐야겠다고 하면서 자청비와 서수왕아기를 불러놓고 숯불로 달군 칼을 거꾸로 세워놓고 그 위를 걸어가게 하였습니다. 서수왕아기는 실패하였지만 자청비는 하늘에 빌어 비를 내려달라고 하여 칼을 식힌 뒤 당당히 걸어갔습니다. 조심히 걸었지만 마지막에 뒤꿈치를 베여 피가 났고, 자청비는 이것을 한 달에 한 번 하는 달거리라고 둘러댔습니다. 여기에서 여성의 월경이 생기게 된 것입니다.

자청비가 문 도령과 금실 좋게 잘 살고 있는데, 마침 인간 세상에서 변란이 일어났습니다. 이 변란을 진압할 장군으로 선정된 문 도령이 몹시 걱정하자, 자청비는 자신이 대신 전쟁에 나가 인간 세상의 변란을 막아냈습니다.

다시 평화롭게 지내던 어느 날, 하늘나라의 선비들이 문 도령을 시기하여 문 도령을 죽여버렸습니다. 이에 자청비는 다시 남장을 하고 서천꽃밭에 가서 또 한 번 환생꽃을 얻어와 문 도령을 살려냈습니다.

자청비는 이러한 공적을 인정받아 여러 가지 곡식 종자를 얻어서 땅으로 내려왔습니다. 그리고 중세경이 되어 농경신으로서 사람들이 풍년 농사를 짓도록 도와주게 되었습니다. 문 도령과 정수남도 역시 농경신이 되는데, 문 도령은 상세경이 되어 하늘을 관장하고 정수남은 하세경이 되어 가축을 관장하게 되었습니다. -〈세경본풀이〉

이야기가 엄청 길지요? 이것이 바로 제주도 신화 〈세경본풀이〉입니다. '세경'이란 제주도 말로 '농경신'이라는 뜻입니다. 제주도에서는 요즘도 해마다 무당들을 불러놓고 여러 제의를 한꺼번에 종합적으로 펼치는 큰굿을 하는데, 이 신화는 큰굿 중 농경의 풍요를 비는 부분에서 불립니다. 〈세경본풀이〉라고도 하지만 여주인공 자청비를 중심으로 이야기가 전개되고 있어서 〈자청비 신화〉라고 부르기도 합니다.

자청비는 매우 능동적인 여성입니다. 문 도령을 만나 첫눈에 반한 나머지 스스로 남장을 해서는 문 도령을 따라나서고, 또 문 도령이 돌아오지 않자 스스로 하늘 옥황까지 찾아가 시험도 당당하게 치러냅니다. 흔히 고전문학에 등장하는 것처럼 떠난 연인을 기다리며 인내하는 수동적인 여인의 모습을 전혀 찾아볼 수 없습니다. 이렇듯 자청비는 자신의 사랑을 찾기 위해, 혹은 지키기 위해 어떠한 어려움도 감내합니다.

여기서 눈여겨볼 만한 것이 바로 자청비의 남성적인 모습입니다. 자청비는 남장을 하고 길을 떠납니다. 여자의 몸으로는 아무래도 장애가 많아서 남자처럼 꾸미고 다니는 것이지요. 심지어는 사라장자의 셋째 딸과 결혼까지 합니다. 여자라는 신분을 감추고 다른 여자와 결혼까지 하는 것은 당시는 물론 오늘날에도 상당히 파격적인 일입니다. 이뿐만 아니라 자청비는 문 도령을 대신하여 인간 세상의 변란을 막아내기도 하는데, 이것 역시 통상적으로 남성들이 해내는 업적이지요. 자청비는 비록 여자의 몸으로 태어났지만 삶의 여러 순간에서 남성의 역할을 해냅니다. 이는 여성성 안에도 얼마든지 남성성을 지닐 수 있다는 것을 보여주는 것입니다.

그렇다고 자청비에게 여성적인 모습이 없는 것은 아닙니다. 문 도령에 대한 애절한 사랑이라든지, 비단을 짜는 모습 등은 흔히 여성적 면모라 일컬어지는 것입니다. 자청비는 여성이기도 하지만 남성이기도 하여, 여성성과 남성성을 두루 갖춘 완벽한 모습이라고 볼 수 있습니다. 그래서 자청비를 바리공주와 마찬가지로 '여성 영웅'이라고 부릅니다.

저승을 다녀온 바리공주가 저승신이 되었다면, 인간 세상에 곡물을 가져다준 자청비는 곡물을 담당하는 세경, 즉 농경신이 됩니다. 그런데 신화 내용을 보면 자청비가 사랑을 찾는 여정으로 이루어지는 것 같은데, 자청비는 왜 사랑의 신이 아닌 농경신이 되었을까요?

아마도 이 이야기를 전하는 사람들이 자청비의 삶의 과정을 농사의 과정에 빗대어 생각했기 때문으로 보입니다. 여성과 남성이 결합하여 사랑을 이루는 것을 암수가 만나서 열매를 맺는 농사의 과정으로 인식했던 것이지요.

신화를 보면 자청비뿐만 아니라 문 도령과 정수남까지도 모두 농경신이 됩니다. 보통 뛰어난 공적을 세우거나 고난을 극복한 인물이 신이 되는데, 여기에서는 자청비뿐만 아니라 별다른 공적이 없는 등장인물까지 모두 농경신이 됩니다. 왜 이들은 모두 신이 된 것일까요?

문 도령은 본래 하늘 옥황의 사람으로 하늘을 관장하는 신이고, 정수남은 지상의 사람으로 땅을 관장하는 존재라고 할 수 있습니다. 이에 비해 자청비는 중간에서 하늘과 땅 모두와 관계 맺는 존재입니다. 사랑의 감정을 갖고 있고, 중간적인 존재라는 점에서 인간적 존재라고까지 생각해볼 수 있지요. 하늘을 위에 있다고 해서 '상'이라 하고, 땅을 아래에 있다고 해서 '하'라고 본다면 왜 문 도령이 '상세경'이고 정수남이 '하세경'인지 이해가 될 것입니다. 그리고 그 중간에 있는 자청비는 당연히 '중세경'이 되는 것이지요. 하늘의 날씨와 중간의 곡물, 그리고 땅의 가축은 모두 농사를 짓는 데 중요한 요소입니다. 그래서 문 도령과 자청비, 정수남 모두가 세경신이 된 것이고, 이 신화를 〈세경본풀이〉라 하는 것입니다. 비록 자청비가 가장 많은 시련을 겪었지만, 문 도령과 정수남도 자청비와 마찬가지로 사람들에게 농경문화를 시작하게 해준 일명 '문화영웅'(인간 생활에 필수적인 기술이나 지식을 제일 처음 가르쳐주고, 제도나 관습을 제정해주는 존재)이라고 할 수 있습니다.

이런 점에서 이 신화를 자청비 개인의 사랑 이야기라고 단정 지을 수만은 없을 것입니다. 물론 자청비가 가져온 곡물이 곧 씨앗이고 그것이 잉태를 하여 열매를 맺는 것은 자청비의 사랑과 은유적으로 통합니다. 사람들은 그와 같은 애정 서사에 농경의 풍요를 바라는 마음을 덧입혀 신화를 전승해온 것인지도 모릅니다.

3. 남신과 다른 여신

바리공주와 자청비를 이야기하면서 둘 모두를 '여성 영웅'이라고 했습니다. 그런데 '영웅'이란 말을 사전에서 찾아보면 '지혜와 재능이 뛰어나고 용맹하여 보통 사람이 하기 어려운 일을 해내는 사람'이라고 나옵니다. '신'이 아닌 '사람'이라는 것이지요.

'신'은 사실 영웅보다는 더 높은 층위에 있는 존재입니다. 그리고 '영웅'은 신보다는 인간에 가깝지만, 인간 중에서도 뛰어나게 훌륭한 인간을 말하는 것입니다. 신과 인간의 경계에 있는 존재가 바로 영웅이라 할 수 있습니다.

바리공주와 자청비는 둘 다 처음에는 신이 아니었습니다. 본래 인간이었지만 고난을 이겨내고 업적을 이루어 나중에 신으로 좌정하게 됩니다. 인간일 때 뛰어난 영웅의 면모를 보여주다가 결국엔 신이 된다는 의미에서 이를 '영웅신'이라고 부를 수 있는 것입니다. 이들뿐만 아니라 주몽이라든지 석탈해 등 우리나라에서 전해지는 신화의 주인공은 대부분 영웅신입니다.

그런데 같은 영웅신이라 하더라도 남신과 여신의 이야기는 다르기 마련입니다. 앞서 〈주몽 신화〉나 〈석탈해 신화〉에서 보았듯 남신의 이야기는 주로 나라를 건국하거나 업적을 세우는 내용입니다. 이에 비해 〈바리공주 신화〉나 〈세경본풀이〉 등 여신의 이야기는 좀 다릅니다. 행위의 목적이 출세나 부귀영화에 있기보다는 남편을 찾거나 부모를 살리는, 가정을 위한 것에 초점이 맞추어져 있습니다. 시련의 과정에서도 물 긷기, 불 때기처럼 집안일과 관련된 일이 주로 드러납니다. 이것은 아무래도 여성적인 특징이 부각된 것이라 볼 수 있습니다.

나라를 세우는 것이 주된 목적인 남신들의 이야기도 물론 재미있지만, 부모의 병을 고치기 위해서라든가 사랑하는 사람을 위해서 모험을 떠나는 여신들의 모습은 무척 인간적이라고 느껴집니다. 이렇듯 여신들의 신화는 그들만의 매력을 지니고 있습니다.

Q. 신과 인간의 경계에 있는 영웅들은 어떠한 삶을 사나요?

A. 많은 영화나 만화에서 보았겠지만, 영웅은 전 세계적으로 존재하는 인물상입니다. 그리스·로마 신화에 나오는 헤라클레스나 프로메테우스는 물론, 요즘 영화에서 보이는 슈퍼맨과 배트맨도 모두 영웅입니다. 그런데 이런 영웅들의 일생은 전 세계적으로 비슷하게 나타납니다. 마치 공식화되어 있는 것처럼 말입니다. 참 신기하지요? 그러면 영웅들이 어떠한 인생의 과정을 거치는지 한번 살펴볼까요?

1. 고귀한 혈통을 지닌 인물이다.
2. 비정상적으로 출생한다.
3. 어릴 때 부모에게 버려진다.
4. 버려진 주인공은 양육자를 만나 성장한다.
5. 위기에 처하게 된다.
6. 위기를 극복하고 승리한다.

이와 같은 틀을 '영웅의 일대기'라고 합니다. 바리공주나 자청비의 일생을 이 틀에 맞추어 생각해보세요. 아니면 주몽을 넣어봐도 될 것입니다. 구체적인 내용은 다르지만 영웅의 일생은 큰 틀에서 보면 모두 비슷한 양상으로 전개됩니다.

여기에서 신화 한 편을 더 소개합니다. 출산을 관장하는 삼신이 된 당금애기와 그 아들들인 제석신에 관한 신화입니다. 당금애기는 우리나라의 대표적인 여신이고, 당금애기와 그의 아들들은 대체로 영웅의 일대기에 따른 삶을 살아갑니다.

〈당금애기 신화-제석본풀이〉

옛날 어느 고귀한 집안에 아들은 아홉 형제를 두었으나 딸이 없었습니다. 부모는 백 일 밤낮으로 딸을 점지해달라고 치성을 드렸고, 마침내 딸을 낳게 되어 이름을 당금애기라고 하였습니다.

당금애기는 높은 담장이 쳐지고 열두 대문으로 겹겹이 쌓인 집에서 자랐습니다. 부모가 애지중지한 나머지 집 밖으로 나가지 못하게 하였던 것이지요. 그렇게 세월이 흘러 어느 날 부모님과 오라비들이 볼일을 보러 떠나고 당금애기만 집에 남아 있게 되었습니다. 그런데 먼 나라에서 불도를 닦던 스님이 그때 당금애기네 집에 찾아왔습니다. 당금애기가 혼자 있어서 시주를 할 수 없다고 하였지만 스님은 물러서지 않고 시주를 청하였습니다. 당금애기가 집 안에서 꿈쩍도 하지 않자 스님은 도술을 부려 열두 대문을 모두 열어젖히고는 집 안으로까지 들어와 끈질기게 시주를 요구하였습니다. 당금애기는 하는 수 없이 먹던 쌀로 시주를 하였습니다. 그런데 하필이면 시주를 담는 바랑이 터져서 쌀이 모두 쏟아지고 말았습니다. 스님은 정성이 부족하여 그렇다고 하며 당금애기에게 젓가락으로 쌀을 다 주워 담으라고 요구하였습니다. 당금애기는 스님이 시킨 대로 젓가락으로 쌀을 다 주워 담았는데, 그러다 보니 어느덧 날이 어둑어둑해졌습니다. 그날 밤 스님은 당금애기네 집에서 하룻밤을 지냈고, 당금애기는 처녀의 몸으로 임신을 하게 되었습니다.

며칠이 지나 가족들이 돌아와 당금애기가 임신한 사실을 알게 되었습니다. 부모와 오라비들은 화를 내며 당금애기를 집에서 내쫓았습니다. 당금애기는 뒷산으로 올라가 돌에 구멍을 파고 그 안에서 지내다가 열 달이 지나 아들 셋을 낳았습니다. 아들들은 무럭무럭 자라서 서당을 다니게 되었는데, 친구들이 아비 없는 자식이라고 놀리는 것이었습니다. 아들 삼 형제는 당금애기에게 아버지가 누구며 어디 있는가를 집요하게 물었습니다. 당금애기는 아버지의 존재에 대해 삼 형제에게 알려주고는 아들들과 함께 스님을 찾아 길을 떠났습니다. 한 절에 이르러 스님을 만나게 되었는데, 스님은 자신의 아들이 맞는지 확인해봐야겠다면서 시험을 냅니다. 종이옷을 입은 채로 강에서 헤엄치기, 모래성을 쌓고 넘나들기, 짚으로 만든 북과 짚으로 만든 닭 울리기 등의 시험에서 삼 형제는 종이옷이 젖지 않은 채로 강에서 헤엄을 쳤고, 모래성도 쓰러지지 않게 만들어 쉽게 넘나들었으며, 짚으로 만든 북은 소리를 냈고 짚으로 만든 닭은 꼬끼오 하고 울었습니다. 스님은 마지막으로 손가락을 베어 피를 내었는데, 스님과 세 아들의 피가 합쳐지는 것이었습니다. 스님은 이를 보고 비로소 삼 형제가 자신의 친아들임을 인정하였습니다. 그래서 아들들에게 곡식을 관장하는 제석신의 신직을 부여하였고, 당금애기는 홀로 아이를 낳는 고생을 하였으므로 삼신의 지위를 주었습니다.

제5장

신화는 이제 전해지지 않을까?

1. 면면히 내려오는 마을 신화

신화는 요즘 여러 분야에서 인기가 많습니다. 애니메이션이나 영화의 소재로 사용되기도 하고 게임이나 광고에서 활용되기도 합니다. 또 서점에 가면 우리나라 신화는 물론이고 세계 여러 나라의 신화와 관련된 책을 많이 볼 수 있습니다. 하지만 이것은 다양한 매체를 통해 과거의 신화를 현재의 관점에서 재활용하는 것일 뿐이지, 예전 모습 그대로의 신화라고는 볼 수 없습니다. 그렇다면 신화는 이제 이전과 같은 모습이나 방식으로는 전해지지 않는 것일까요?

사실 잘 모르고 있을 뿐이지, 신화는 오늘날에도 여전히 전해 내려오고 있습니다. 혹시 시골이나 산에 갔을 때 좀 후미진 곳에 외따로 서 있는 빈집을 본 적이 있나요? 눈여겨보지 않았을지 모르지만, 시골에 가면 어디든 마을 한구석에 이런 빈집이 있습니다. 시골뿐만 아니라 도시에서도 간혹 뒷산 같은 곳에서 볼 수 있지요. 버려진 빈집처럼 보이지만 사실은 빈집이 아니랍니다. 평소에는 문이 꼭 닫혀 있는데, 특정한 날이 되면 사람들이 찾아와 절을 올리거나 무당이 와서 굿을 하곤 하지요. 그곳은 신이 살고 있는 집, 바로 당집입니다. 그리고 그 당집에 신이 살게 된 이야기가 함께 전해오기도 하는데, 그 이야기가 바로 우리가 말하는 신화입니다. 말하자면 신화는 당집을 통해 지금까지도 이어져 내려오는 것이지요.

2. 당집에 머무는 사연 많은 신들

신화를 여느 이야기들과 구분 짓는 것은 신성성입니다. 사람들이 그 이야기를 신비롭고 성스럽다고 느껴야 그것이 신화로서 가치가 있는 것입니다. 나라를 세운 건국신이나 삶과 죽음에 관련된 신들도 중요하지만, 하루하루를 살아가는 마을 사람들에게 무엇보다 중요한 신은 아마도 마을을 지켜주고 보호해주는 수호신일 것입니다. 생활과 직접적으로 관계되기 때문이지요.

당집은 좀 낯설겠지만, 장승은 한두 번 본 적이 있을 것입니다. 나무 기둥에다 험상궂게 생긴 사람 얼굴 모양을 새겨놓은 것 말입니다. 보통 남자와 여자로 한 쌍을 이루는데, 한 기둥에는 '천하대장군', 또 한 기둥에는 '지하여장군'이라고 쓰여 있지요. 그것을 보면서 장승은 어떤 존재일까, 궁금하지 않았나요? 장승은 대개 마을 입구에 서 있는데, 외부의 불길한 기운으로부터 마을을 지켜주는 수호신인 동시에 마을을 알려주는 표지였습니다. 물론 나무로 만든 목장승만 있는 게 아니라 돌로 만든 석장승도 많습니다. 석장승 가운데 가장 유명한 것이 바로 제주도의 돌하르방이지요.

그런데 이런 장승들은 마을의 주요한 신이 아닙니다. 대체로 마을에는 수호신이 따로 있습니다. 그리고 수호신이 머무는 곳이 있지요. 그것을 중요도에 따라 상당, 중당, 하당으로 부릅니다. 앞에서 언급한 당집이 상당에 속합니다. 상당에 머무는 신이 가장 중요한 신으로 마을 전체를 관장합니다. 그리고 우물가라든지 마을 입구에 있는 장승이나 당산나무 따위가 중당 또는 하당의 역할을 합니다. 바닷가 마을에는 마을을 지켜주는 신과 바다를 관장하는 해신이 따로 있는데, 이때는 해신이 머무는 해신당이 하당으로 불립니다.

당집에 머무는 신들의 사연은 오늘날에도 여전히 전해지고 있습니다. 그리고 그것은 마을 사람들에게 아직도 신성하다고 인식되어 신화로서의 기능을 합니다. 그럼 어떤 신화가 전해지고 있는지 한번 살펴볼까요?

옛날 강원도 강릉 주문진에 '진이'라는 예쁜 처녀가 있었습니다. 하루는 현감이 진이에게 수청을 들라고 하였는데, 진이는 사랑하는 사람이 있다며 수청을 거절하였습니다. 그러자 화가 난 현감이 진이의 아버지와 오빠를 잡아가 괴롭혔습니다. 진이의 아버지와 오빠가 진이를 꾸짖고 구박하자 결국 진이는 방문을 걸어 잠그고 들어가서는 사랑하는 사람의 아이를 낳고 목을 매어 죽었습니다.

그 뒤로 마을에 좋지 않은 일이 일어났습니다. 풍랑이 일어 배가 뒤집히는 일이 잦고 흉년이 들고 전염병이 돌았습니다. 그 현감이 떠나고 다른 현감이 부임한 뒤로도 마을엔 흉사가 끊이지 않았습니다. 그러자 조정에서는 근심이 쌓여갔고, 어느 누구도 그 마을 현감이 되려고 하지 않았습니다. 이때 우복(愚伏) 정경세(鄭經世)가 자청하여 현감으로 부임하였습니다. 현감으로 부임한 첫날 밤, 우복 선생이 밤늦도록 책을 읽고 있는데 소복을 입은 처녀 귀신이 나타났습니다. 여느 현감들이 귀신을 보고 놀라 당장 짐을 싸들고 마을을 떠난 것과 달리, 우복 선생은 왜 마을에 나타나 조화를 부리느냐고 호통을 쳤습니다. 귀신은 자신이 진이임을 밝히면서 억울함을 풀어달라고 호소하였습니다. 모든 사연을 알게 된 우복 선생은 진

이를 위해 사당을 짓고 제사를 지내주었습니다. 그 후로 마을에는 흉사가 없어지게 되었습니다. 우복 선생은 마을을 잘 다스려 죽은 뒤 마을의 신으로 추대되었습니다. -〈진이성황당신화〉

강원도 강릉 지역에 내려오는 〈진이성황당신화〉입니다. 지금도 주문진에 가면 마을 한가운데 큰 기와당집이 있고, 거기에 우복 선생 내외의 영정과 진이의 영정이 걸려 있습니다. 그리고 오늘날까지도 주문진에서는 우복 선생과 진이를 위해 매년 제사를 지내고 있습니다.

이 이야기가 전설이었다면 어땠을까요? 전설은 실제 있었던 일을 바탕으로 한, 무력한 인간이 비극적 결말을 맞게 되는 이야기라고 했습니다. 따라서 현실의 상황이 반영되어 진이의 억울함을 해결해주기가 쉽지 않았을 것입니다. 한낱 평민인 진이가 지배 계층인 현감의 명을 어긴 것이 더 큰 죄라고 여겨 더 혹독한 내용으로 바뀌었을지도 모릅니다. 또 이 이야기가 민담이었다면 어땠을까요? 평범한 사람이 행복한 결말을 맞는 민담이었다면 아마도 우복 선생이 예전 현감의 횡포를 임금에게 말해 징계하는 장면이 나왔을 것입니다. 이야기를 듣는 사람도 안타깝던 마음이 후련해지면서 통쾌한 느낌이 들었겠지요.

그러나 이 이야기는 신화입니다. 여기에서는 우복 선생이 현감을 벌주는 현실적인 이야기는 나오지 않습니다. 대신 마을에 당집을 짓고 제사를 지내주면서 귀신을 신으로 추대합니다. 죽어 귀신이 된 진이를 신으로 승격시켜주는 방식으로 억울함을 풀어주는 것이지요. 그리고 신이 된 진이는 마을을 지켜주게 됩니다.

'귀신'과 '신'은 비슷한 것 같지만, 이러한 과정을 보자면 의미가 전혀 다릅니다. 신이라면 마땅히 자신의 억울함을 스스로 해결할 능력을 지녔겠지요. 하지만 귀신은 그렇지 못합니다. 귀신이 마을의 신이 되려면, 처음부터 자신의 능력이 뛰어나야만 하는 것이 아니라 사람들이 신으로 추대해주어야만 하는 것입니다.

그런데 사람들은 왜 귀신을 신으로 추대한 것일까요? 귀신은 생전의 억울함 때문에 마을 사람들에게 해코지를 합니다. 풍랑을 일으켜 배가 뒤집히게도 만들고, 흉년이 들게 하거나 전염병이 돌게 하는 등 온갖 피해를 끼칩니다. 불길한 일이 반복적으로 일어나니 마을 사람들은 참으로 무섭고 두려웠을 것입니다. 그래서 귀신을 신으로 추대하여 억울함을 위로해주고자 한 것입니다. 그러면서 동시에 귀신이 마을에 해코지를 하는 힘, 그 강력한 힘을 도리어 마을을 지켜주는 힘으로 역이용하고자 했던 것이지요.

그리고 어쩌면 마을 사람들은 귀신의 억울함에 공감했던 것인지도 모릅니다. 마을 신화의 주인공들은 삶의 시련을 이겨내지 못하고 억울하게 죽고 맙니다. 귀신이 되어서도 자신의 억울함을 풀지 못해 도와줄 사람을 찾아다닙니다. 훌륭한 사람에게 의지해야만 자신의 억울함을 풀 수가 있는 것이지요. 이러한 모습들은 앞에서 살펴본 것처럼 주몽이나 바리공주가 삶의 시련을 극복하며 영웅적인 행적을 보인 것과 많이 다릅니다.

이처럼 시련을 극복하지 못하고 죽어버린 원혼들의 삶은 어쩌면 마을 사람들의 삶일지도 모릅니다. 그래서 마을 사람들은 원혼들의 억울함을 풀어주고자 한 것이고, 제사를 지내 위로를 해주는 행위를 통해 자신들 스스로가 위안을 받았을 수도 있습니다.

마을 신화의 주인공들은 실제로 살았다고 믿어지는 인물들이 많습니다. 우복 정경세는 임진왜란 때 의병을 일으키기도 했던 실존 인물이고, 진이도 실존 인물로 여겨집니다. 남자는 우복 선생처럼 훌륭한 업적을 남긴 사람이 신으로 추대되는 경우가 많고, 여자는 억울하게 죽은 사람이 신으로 추대되는 경우가 많습니다. 그래서 우리가 아는 이순신 장군이라든지 최영 장군을 모시는 사당이 있는 것이고, 진이처럼 사랑하는 사람과 결연하지 못하고 외부의 핍박으로 억울하게 죽은 여성 신을 모시는 사당도 있는 것입니다.

그런데 신화라고 했지만, 이것은 흔히 '귀신 이야기'로 불리는 이야기들과 비슷한 느낌을 줍니다. 마을 사람들은 신화로 인식하겠지만, 이를 믿지 않는 외부 사람들에게는 그저 재미난 옛이야기에 지나지 않을 것입니다. 그리스·로마 신화가 옛날 그리스·로마 사람들에게는 신화로 믿어졌겠지만, 오늘날 우리는 그것을 재미있는 외국 문학 이상으로 느끼지 않는 것처럼 말이지요.

3. 처음부터 '신'인 제주도 당신들

마을에서 전해지는 신화를 당집에 전해지는 신화라고 해서 '당신화'라고 부르기도 합니다. 신화는 신의 내력을 푼다는 의미에서 '본풀이'라고도 부른다고 했는데, 이러한 당본풀이는 제주도 지역에서 가장 활발하게 전해집니다.

〈진이성황당신화〉 같은 당신화는 전설이나 민담처럼 보통 사람들의 입을 통해 전해집니다. 일 년에 한두 번 마을에서는 제관을 뽑아 유교식으로 제사를 지내거나 무당을 불러 굿을 하는데, 이 과정에서도 신화를 직접 읊는 경우는 없습니다. 신화는 그저 제의 행위의 배경으로만 전해질 뿐 실제로 구연되지는 않습니다. 그러나 제주도에서는 다릅니다. 제주도에서는 굿을 할 때 무당이 직접 신화를 소리 내어 읊습니다. 또 신화 내용을 들어보면 제주도의 마을마다 신들이 서로 가족 관계나 적대 관계로 연결되어 있음을 알 수 있습니다. 그러면 제주도의 신화를 한번 살펴볼까요?

백주또는 서울 남산의 송악에서 솟아났는데, 부모가 세상일을 돌보러 간 사이에 중의 아이를 임신하여 부모의 미움을 사고는 무쇠석함에 담겨 쫓겨나게 되었습니다. 한편 소로소천국은 하상천자국 잔소남밭 아래에서 태어나 제주도로 들어와 가죽옷을 입고 사냥을 하며 살고 있었습니다. 어느 날 소로소천국이 한라산에서 내려오다가 무쇠석함이 떠오는 것을 보고는 그리로 가서 열어보니 그 안에 백주또가 있었습니다. 그리하여 소로소천국은 백주또와 함께 송당(제주시 구좌읍에 위치한 지명이자 당집)으로 올라가 살게 되었습니다. 백주또와 소로소천국은 아이들을 한 명 두 명 낳게 되자 점점 살기가 어려워졌습니다. 이에 백주또는 사냥만 해서는 이제 먹고 살기가 힘드니 농사를 짓자고 하였습니다.

하루는 소로소천국이 소를 몰며 밭을 갈고 있는데, 세 신선이 길을 가다가 배가 고프니 밥을 좀 달라고 하였습니다. 소로소천국이 밥 있는 곳을 알려주자 세 신선은 밥 아홉 동이, 국 아홉 동이를 모두 먹고 가버렸습니다. 소로소천국은 신선들이 한 동이나 먹었겠지 하고 가서 보니 밥이 하나도 남아 있지 않았습니다. 소로소천국은 배가 너무 고파 밭 갈던 소를 잡아먹어버렸습니다. 그래도 양이 안 차 이웃집 검은 암소 한 마리까지 더 잡아먹었습니다. 소를 잡아먹고 난 소로소천국은 쟁기를 쇠가죽으로 묶어 배에 대고 끌면서 밭을 갈았습니다. 그러고 있는데 마침 백주또가 아기를 업고 밭에 왔습니다. 사정을 들은 백주또는 화를 내면서 밭 갈던 소뿐만 아니라 이웃집 암소까지 잡아먹었으니 소로소천국과는 함께 살 수 없다며 따로 살림을 차려 나갔습니다. 그래서 백주또는 바람목 윗송당으로 올라가 살고, 소로소천국은 오백장군 오백서 딸을 작은부인으로 삼아 아랫송당으로 내려와 살게 되었습니다.

한편 백주또의 큰아들 송곡성은 자라서 아비 없는 자식이라고 놀림을 받자 아버지를 찾아 나섰습니다. 송곡성은 소로소천국을 찾아가서는 무릎에 앉아 수염을 잡아당기거나 담뱃대를 흔드는 등 버릇없이 굴다가 소로소천국의 미움을 사 무쇠석함에 담겨 바다에 버려졌습니다.

무쇠석함은 용왕황제국으로 들어가 산호수 가지에 걸려 풍운조화를 일으켰습니다. 이를 보고 용왕은 세 딸에게 무슨 일인지 나가보라고 하였습니다. 큰딸과 둘째 딸은 아무것도 발견하지 못하였으나 막내딸은 산호수에 걸린 석함을 발견하였습니다. 용왕이 석함을 가져오라고 하였는데, 큰딸과 둘째 딸은 움직이지도 못하였지만 막내딸은 그것을 번쩍 안아서 내려놓았습니다. 또 큰딸과 둘째 딸이 아무리 함을 열려고 해도 열리지 않았는데, 막내딸이 함 주위를 돌다가 손으로 툭 치니 함이 저절로 열렸습니다.

함에서 나온 송곡성은 제주도에서 강남천자국으로 적병을 막으러 가는 도중에 풍랑을 만나 용왕국에 들어온 것이라고 둘러댔습니다. 용왕이 보니 천하 명장의 기상이라 큰딸과 둘째 딸에게 대접하게 하였으나 송곡성은 거들떠보지도 않았습니다. 막내딸이 방으로 들라고 권하자 그제야 송곡성은 활짝 웃으며 사랑방으로 들어갔습니다.

막내딸이 송곡성에게 어떤 음식을 먹느냐고 묻자, 송곡성은 고기를 먹는다고 하였습니다. 막내딸이 이 말을 용왕에게 고하자 용왕은 사위 하나 대접하지 못하겠느냐며 하루에 일흔다섯 마리씩 짐승을 잡아 먹였습니다. 그렇게 백 일을 먹였더니 용왕국 창고가 거의 바닥나게 되었습니다. 용왕은 사위 때문에 나라가 망할 순 없다며 딸과 사위를 무쇠석함에 넣어 내쫓았습니다.

무쇠석함은 강남천자국에 닿았습니다. 그러자 강남천자국에서 밤에는 동서남북 불이 환하고 낮에는 글 읽는 소리가 왕왕하며 풍운조화가 일어나게 되었습니다. 천자가 이상하게 여겨 왕봉사를 데려와 점을 치게 하니, 왕봉사는 천하 명장이 천자국을 도우러 왔다고 하였습니다. 천자가 갑옷을 차려입고 절을 하자, 무쇠석함이 열리면서 옥 같은 도령과 용왕의 막

내딸이 나왔습니다. 송곡성은 자신이 해동 조선국 제주도에서 온 문곡성이라고 성을 속여 말하였습니다. 강남천자국에 적병이 일어나서 난을 막으러 왔다고 하자 천자는 문곡성에게 갑옷과 투구와 함께 억만 군사를 내주었습니다. 문곡성은 백 일 만에 난을 평정하였습니다. 천자가 기뻐하며 땅을 반으로 갈라주고 벼슬을 주겠다고 하였지만 문곡성은 모두 거절하고 대신 자신을 조선국 제주도로 보내달라고 하였습니다.

문곡성은 삼천 군사를 거느리고 제주도로 돌아왔습니다. 문곡성이 군사들을 데리고 한라산에 올라가자 제주도에 있던 가족들은 모두 놀라서 달아나기 시작하였습니다. 소로소천국은 아랫마을로 도망치다가 죽어서 당신(堂神)이 되었고, 백주또는 윗마을로 도망치다가 죽어서 윗마을 당신이 되었습니다. 둘째 아들은 삼방산(대정읍 삼방산)으로 달아나 삼방산신이 되었고, 셋째 아들은 대정 광정당(안덕면 덕수리)으로 가서 바람목 신선이 되었으며, 넷째 아들은 제주 시내로 가 바람목 내왓당(제주시 용담동) 산신이 되었습니다. 다섯째는 김녕 궤눼깃도(구좌면 김녕리) 산신이 되었고, 여섯째는 거루 명당또(제주시 거로동) 산신이 되었습니다. 일곱째는 조천면 다리(조천면 교래리) 송당산신이 되었고, 여덟째는 토산당(표선면 토산당) 바람목 산신이 되었습니다.

문곡성과 그의 아내는 한라산 바람목에 좌정하고는 동생들에게 자신들을 대접하라고 하였습니다. 동생들이 무엇을 드시느냐고 묻자 소, 돼지, 닭 외에도 온갖 바닷고기를 통째로 먹는다고 하였습니다. 그러고는 자손들의 정성을 봐서 앞으로 잘 돌봐줄 것이라고 하였습니다. 만약에 자신을 박대하거나 푸대접하면 삼 년에 한 번, 칠 년에 한 번은 풍운조화를 일

으킬 것이니 정월달에는 반드시 자신에게 정성을 바치라고 일렀다고 합니다. –〈송당본향당본풀이〉

송당본향당은 제주도에 있는 여러 신들의 시조신(始祖神)이 머무는 곳입니다. 제주도에 있는 모든 신당의 원조라는 말이지요. 신화를 보면 알겠지만 마지막 부분에서 문곡성의 형제들은 제주도 곳곳으로 흩어져 신이 됩니다. 문곡성과 형제들의 부모인 소로소천국과 백주또가 본래 송당에 머물렀으니, 송당은 신당들의 원조 곧 '본향'인 셈입니다.

이 신화는 참으로 깁니다. 처음에는 백주또와 소로소천국의 이야기인 듯하더니, 나중에는 송곡성(문곡성)의 이야기로 넘어갑니다. 송곡성이 백주또와 소로소천국의 아들이니 2대에 걸친 이야기가 전개되는 것이지요.

신화는 단지 신이 좌정하게 된 내력만 전하는 것이 아니고 그 신을 모시는 방법에 대해서도 이야기합니다. 본래 백주또는 육지에서 제주도로 이주해온 신으로서 농사짓기를 권유했고, 소로소천국은 제주도의 토착신으로서 수렵 생활을 하고 있었습니다. 여기에서 둘의 결합은 문화적 차이가 있는 생활방식의 결합이었다는 것을 알 수 있습니다. 결국 백주또와 소로소천국은 식성 갈등을 겪으면서, 백주또가 살림을 따로 차려 나가버립니다. 송당이 둘로 나뉘게 되는 것이지요. 소로소천국은 소를 잡아먹었다는 것에서 고기를 먹는 신이고, 백주또는 농사를 짓게 했다는 점에서 쌀을 먹는 신임을 알 수 있습니다. 그래서 백주또가 머무는 윗송당에는 제의를 지낼 때 고기를 바치지 않고, 소로소천국이 머무는 아랫송당에는 고기를 빠뜨리지 않고 바친답니다.

제주도에서 전해지는 당본풀이는 앞에서 본 당신화와 느낌이 많이 다릅니다. 당신화와 마찬가지로 마을의 당집을 중심으로 전해지는 이야기이지만, 이것은 억울한 사람들의 이야기가 아닙니다. 인간이었다가 신이 된 사람들의 이야기도 아닙니다. 제주도의 당신들은 처음부터 '신' 그 자체입니다. 태어날 때부터 신이고, 용왕국이나 천자국에 가서 자신의 능력을 발휘해 보입니다. 또 자신이 제사 받을 마을을 스스로 찾아가 좌정하고서, 사람들에게 안전을 지켜줄 것을 약속하며 사람들로부터 제사를 받습니다. 귀신이었다가 마을 사람들에게 신으로 추대된 것과는 다르게 태생부터 신(神)다운 면모가 보이는 것입니다.

일반 신화에서는 부모에 대한 효도, 형제간의 우애, 부부간의 정절을 강조하는 내용이 많이 보입니다. 이러한 윤리적 내용은 시대가 발전할수록 덧입혀진 것입니다. 그러나 제주도 당본풀이에서는 오로지 신의 강력한 능력만 나타납니다. 충효(忠孝)와 같은 윤리적 가치관 대신 자신의 욕망과 능력에 따라 거침없이 움직이는 신들의 세계를 고스란히 보여줍니다. 그래서 다소 거친 인상을 주는 제주도 당본풀이는 신화의 고형(古形) 또는 원형의 모습을 간직하고 있다고 말하기도 합니다.

4. 질서를 부여하는 신화

신화는 본래 제의와 함께 전해지는 것이었습니다. 바리공주나 자청비 같은 일반신 신화나 제주도의 당본풀이는 제의를 지내는 과정에서 무당의 입을 통해 직접 읊어졌고, 〈진이성황당신화〉 같은 당신화는 제의에서 직접 불리지는 않았지만 제의를 기반으로 전해졌습니다. 신화가 먼저인지 제의가 먼저인지는 의견이 분분한데, 이것은 마치 닭이 먼저냐 달걀이 먼저냐 하는 문제와 같습니다.

신화는 개인의 이야기가 아닙니다. 신화를 전승하는 집단이 함께 공유하는 이야기입니다. 옛날에는 신화를 아무 데서나 읊지 않았다고 합니다. 신에 관한 이야기이기 때문에 함부로 말하는 것을 꺼렸고, 엄숙하거나 중요한 자리에서만 읊었다고 합니다. 또 집단 전체가 공유하고 있기 때문에 그 내용도 거의 변할 수가 없었습니다.

그런데 이런 신화가 왜 오늘날까지 전해지게 된 것일까요? 유쾌하거나 웃긴 이야기도 아니고, 아무 데서나 함부로 할 수 있던 이야기도 아닌데 말입니다.

사람들은 신화를 통해서 공통의 신을 섬길 수 있었고, 그럼으로써 자신들의 존재를 확인할 수 있었습니다. 나의 조상은 누구이고 나는 누구의 후손인지, 우리 마을의 신은 누구이고, 나는 그 신의 보호를 받는 마을 사람이라는 정체성을 신화를 통해 얻을 수 있었습니다. 그리고 신화를 공유함으로써 사람들은 자신들이 같은 공동체에 속하는 같은 집단이라는 일체감, 즉 공동체 의식을 가질 수 있었던 것이지요.

또한 신화는 마을에 질서를 부여하는 규범적 기능을 담당했습니다. 〈진이성황당신화〉에는 남녀 간의 갈등과 계층 간의 갈등이 잘 드러나 있습니다. 평민 여성인 진이가 억울하게 죽어 마을에 해코지하자 진이를 신으로 모심으로써 마을 사람들은 그 약자의 모습에 자신들을 투영하고 동시에 약자를 함부로 대하지 말아야 한다는 암묵적 질서를 세웠을 것입니다. 또 〈송당본향당본풀이〉에서 보듯 신화는 마을과 마을 사이의 관계에 질서를 부여하기도 했습니다. 부모와 자식, 형제간의 관계로 마을 간에 서열을 부여한 것이지요. 요즘은 신에 대한 경외심이 많이 희박해져서 신화가 신성한 이야기라기보다는 재미와 흥미 위주의 이야기로 여겨지지만, 사실 신화는 그 신성성에 힘입어 지금까지 이어져온 것입니다.

Q. 가정에도 가정을 관장하는 신이 있나요?

A. 집에는 예로부터 집안을 지켜주는 신들이 있다고 전하는데, 이 신들을 '가정신(家庭神)' 또는 '가신(家神)'이라고 합니다. 집안의 최고신은 '성주'로서 집안의 대소사를 관장하는 신을 말합니다. 그리고 집안이 들어선 터에는 '터주'라 하여 땅을 관장하는 신이 있습니다. 우리가 흔히 쓰는 '터줏대감'은 '터주'를 높여 이르는 말입니다. 부엌에는 불을 관장하는 '조왕'이 있고, 곳간에는 그 집안의 흥함과 망함을 관장하는 '업'이 있습니다. 또 장독대에는 된장, 간장 등의 장을 지켜주는 '철륭'이 있고, 대문에는 '문신'이 있으며, 변소에는 '측신'이 좌정해 있습니다. 뿐만 아니라 사람의 탄생을 관장하는 '삼신'과 사람의 수명을 관장하는 '칠성신'도 가정신입니다. 이렇듯 집 안 곳곳에는 그것을 관장하는 신이 깃들어 있다고 예로부터 믿어왔습니다.

그런데 우리 옛말에 조왕신과 측신은 사이가 매우 좋지 않아 그들이 머무는 부엌과 변소는 되도록 멀리 두라고 하는 말이 있습니다. 이것은 조왕신과 측신이 처첩(妻妾) 관계이기 때문이라고 하는데, 어떤 사연이 있는지 한번 볼까요?

〈문전본풀이〉

옛날에 남선고을의 남선비와 여산고을의 여산부인이 일곱 아들을 두고 가난하게 살고 있었습니다. 어느 날 여산부인이 남편에게 장사라도 해보라고 권유하자 남선비는 배를 타고 장삿길에 나섰습니다. 그렇게 오동나라 오동고을에 닿은 남선비는 노일제대귀일의 딸을 만나 그 꾐에 빠져

재물을 탕진하고 그녀에게 얹혀사는 신세가 되고 말았습니다. 남선비는 노일제대귀일의 딸이 주는 죽으로 겨우 연명하면서 몇 년을 지냈고, 그러는 동안 영양실조로 눈마저 멀게 되었습니다.

한편 여산부인은 아무리 기다려도 남편이 돌아오지 않자 아들들이 만들어준 배를 타고 남편을 찾아 나섰습니다. 마침내 배가 오동나라에 닿자 남편을 찾아 헤매던 여산부인은 우연히 아이들의 노래를 듣고 남편의 행방을 알게 되어 그 집을 찾아갔습니다. 여산부인이 하루 저녁만 재워달라고 사정하였지만, 눈이 먼 남선비는 부인을 알아보지도 못하고 재워줄 곳도 없다고 거절하였습니다. 움막에라도 머물겠다고 사정을 하여 겨우 승낙을 받아낸 여산부인은 준비해 간 쌀로 밥을 지어 남편에게 바쳤습니다. 그 밥을 한 숟갈 뜨던 남선비는 눈물을 흘리면서 자신이 이렇게 된 사연을 털어놓았습니다. 여산부인은 남선비에게 자신의 신분을 밝혔고 이로써 부부는 재회하였습니다.

이때 밖에 나갔다가 돌아온 노일제대귀일의 딸은 이 모든 것을 알게 되었습니다. 노일제대귀일의 딸은 여산부인에게 연못에 목욕하러 가자고 하고는 등을 밀어주는 척하다가 여산부인을 떠밀어 물에 빠뜨려 죽여버렸습니다. 그런 뒤 여산부인처럼 꾸미고는, 노일제대귀일의 딸 행실이 괘씸하여 연못에 빠뜨려 죽였다고 남선비를 속였습니다.

남선비는 이 말을 곧이듣고는 그러면 이제 고향으로 돌아가자고 하였습니다. 그들은 함께 남선고을로 돌아왔는데, 일곱 형제는 어머니가 친어머니가 아니라는 것을 단박에 눈치챘습니다. 아들들이 의심하는 낌새를 알아챈 노일제대귀일의 딸은 일곱 아들을 죽일 계략을 꾸몄습니다.

노일제대귀일의 딸은 갑자기 배가 아파 죽겠다고 꾀병을 부리면서 남선비에게 큰길가에 있는 점쟁이에게 가서 점을 쳐보라고 하였습니다. 남선비가 점을 치러 집을 나서자, 노일제대귀일의 딸은 지름길로 달려가 큰길가에 점쟁이인 척하고 앉았습니다. 남선비가 찾아와 자신의 부인이 갑자기 배가 아파 죽겠다며 날뛴다고 말하자, 변장한 노일제대귀일의 딸은 일곱 아들의 간을 먹어야 나을 것이라고 거짓 점괘를 내렸습니다. 남선비는 그 말을 곧이곧대로 믿고는 집에 돌아와 칼을 갈았습니다. 그때 마침 뒷집에 살던 청태산 마고할망이 불을 빌리러 왔다가 남선비가 칼을 가는 것을 보고는 이유를 물어보았습니다. 남선비가 아들들을 잡으려고 칼을 간다고 하자, 마고할망은 이 사실을 바로 일곱 아들들에게 알렸습니다.

막내아들은 당장 아버지를 찾아갔습니다. 그러고는 아버지에게 "제가 형들의 간을 꺼내 오겠으니 아버지는 나중에 저 하나만 죽이십시오." 하였습니다. 남선비가 이에 속아 넘어가자 막내아들은 형들과 함께 산으로 도망쳤습니다. 일곱 형제가 지쳐 졸고 있는데, 꿈에 어머니가 나타나 "노루 한 마리가 내려올 것이니 그 노루를 포위하여 죽이려고 하면 알 도리가 있으리라." 하고 일러주었습니다. 일곱 형제가 잠에서 깨어보니 과연 노루 한 마리가 내려오기에 그 노루를 둘러싸고 죽이려 하였습니다. 그런데 노루가 조금 있으면 산돼지 일곱 마리가 내려올 테니 어미는 살려두고 새끼들의 간을 꺼내 가라고 알려주었습니다. 그 말을 믿고 기다리니 과연 산돼지 일곱 마리가 내려왔고, 일곱 형제는 새끼 여섯 마리의 간을 꺼내었습니다.

막내아들은 형들에게 자신이 소리치면 들어오라고 하고는, 먼저 산돼지 새끼 간 여섯 개를 가지고 노일제대귀일의 딸에게 가서 먹으라고 주었습니다. 그러고는 문틈으로 안을 엿보았습니다. 노일제대귀일의 딸은 그 간을 먹는 척하고는 자리 밑에 감추었습니다. 그것을 보고 막내아들이 방문을 박차고 들어가 노일제대귀일의 딸의 머리채를 칭칭 감아 끌어내어 큰 소리로 소리치자 형들이 들이닥쳤습니다. 상황을 모두 알게 된 남선비는 놀라서 달아나다 정낭(집 입구에 대문 대신 걸쳐 놓는 길고 굵은 막대기)에 목이 걸려 죽어 주목지신(柱木之神)이 되었고, 노일제대귀일의 딸은 변소에 들어가 목을 매어 죽어 측신이 되었습니다.

일곱 형제는 서천꽃밭으로 가 환생꽃을 따다가 주천강 연못에 빠져 죽은 어머니를 살려내어 부엌의 신인 조왕신으로 모시고, 일곱 형제는 각각 사람의 명을 관장하는 칠성신으로 좌정하게 되었습니다.

3부

전설의 세계

제6장

전설은 진실일까, 거짓일까?

1. 사연 있는 모든 것에 깃든 이야기

우리는 생활 속에서 '전설'이란 말을 흔하게 듣습니다. '영원한 캡틴 박지성, 한국 축구의 전설이 되다'라든지 '한국 피겨스케이팅의 전설이 된 김연아'라는 식으로 어떤 특정한 사건이나 사람을 기념하고 싶을 때 이런 표현을 자주 쓰기 때문이죠. 그런데 왜 '신화'도 아니고 '민담'도 아닌, '전설'이라는 말을 쓰는 것일까요?

전설이란 특정한 시공간에서 실제로 있었던 일이라고 믿어지며 구전되는 이야기를 말합니다. 현재 일어나고 있는 무수한 일들 가운데 특별히 기릴 만한 것을 '전설'이라고 부르듯이, 사람들은 전설로 전해지는 이야기가 과거에 실제로 있었던 일이고, 전승될 만큼 특별했던 일이라고 믿는 것이지요.

사람들은 저마다 사연을 지니고 있습니다. 자연적으로 생겨난 것이나 사람이 만든 것들도 저마다 사연을 지니고 있기 마련이지요. 그런데 가끔 그 사연이 궁금해지는 것들이 있습니다. 기이하게 생긴 바위나 나무라든지, 아니면 전혀 어울리지 않는 자리에 놓인 정자나 절이라든지. 그것이 자연적으로 생겨난 것이든 사람이 만들어놓은 것이든 거기에 얽힌 사연은 모두 전설이라 불리는 것입니다.

이를테면 강원도 설악산에 가면 '울산바위'가 있습니다. 굉장히 웅장하고 아름다워 명물이라 일컬어지는 바위입니다. 그런데 울산은 경상도 쪽에 있는 도시인데 어째서 울산바위는 강원도 설악산에 있는 것일까요? 여기에는 다음과 같은 내력이 있습니다.

태초에 조물주가 금강산을 만들면서 경관을 빼어나게 만들려고 전국 각지의 아름다운 바위들을 불러 모았습니다. 울산에 있던 울산바위도 금강산을 향해 길을 떠났습니다. 하지만 설악산 부근에 이르렀을 때 금강산의 일만 이천 봉이 모두 완성되었다는 소식을 듣게 되었습니다. 울산바위는 실망하여 그곳에 멈춰 자리를 잡게 되었습니다. –〈울산바위 전설〉

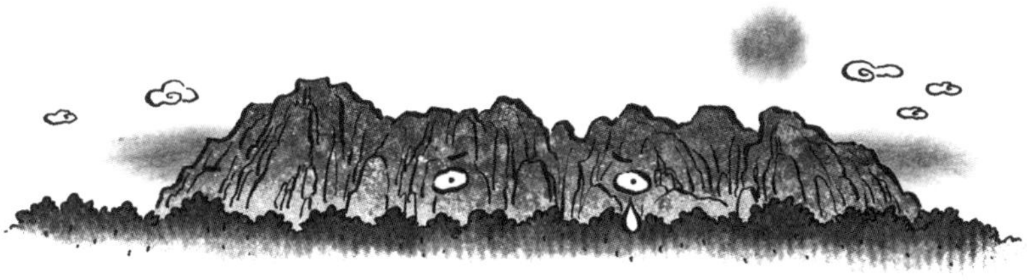

이것이 울산바위가 설악산에 있게 된 사연입니다. 울산바위가 울산보다는 금강산과 더 가깝다는 사실이나, 금강산에 뒤지지 않을 정도로 외관이 웅장하고 멋지다는 것을 생각해보면 과연 그럴 법도 합니다. 이렇게 실제로 있었을 법하다고 믿어지는 이야기가 바로 전설입니다.

그런데 울산바위뿐만 아니라 각 지역에서는 산이나 바위가 걸어가거나 날아가다가 중간에 주저앉아버렸다는 전설이 많이 전해집니다.

> 옛날에 마을의 산이 걸어가고 있었습니다. 마침 연못에서 빨래하던 여인이 그것을 보고는 "산이 걸어온다!" 하고 큰 소리로 외쳤습니다. 그 바람에 산은 그 자리에 주저앉고 말았습니다. 이 산이 좀 더 걸어나갔더라면 마을이 넓어져서 나라의 수도가 되었을 텐데 그러지 못하고 주저앉아버린 것입니다. -〈걸어온 산 전설〉

이것은 주로 산이 많은 지역에서 전해지는 이야기로, 산이 더 많이 걸어가서 마을이 넓어졌으면 나라의 수도가 되었을 텐데, 산이 걸어오는 것을 목격한 여인이 멋모르고 소리친 탓에 그 바람이 이루어지지 않았다는 이야기입니다. 아마도 마을이 산으로 둘러싸여 더는 커질 수 없는 데 대한 아쉬움으로 이런 전설이 전해지는 것이라 생각됩니다. 산이 그 자리에 있는 것을 원망하기보다는, 산이 마을을 넓혀주고자 스스로 이동했음에도 신중하게 행동하지 못한 인간적 한계를 이야기하면서 안타까워한 것이지요.

이처럼 바위나 산 같은 자연물에 얽힌 이야기를 자연전설이라고 합니다. 강이나 나무, 꽃에 얽힌 이야기, 뻐꾸기나 접동새의 울음소리와 관련된 이야기도 모두 자연전설에 속합니다. 그러나 꼭 자연물에만 이야기가 얽혀 전해지는 것은 아닙니다. 다음 이야기를 한번 볼까요?

> 옛날에 홀어머니가 힘이 장사인 아들과 딸을 데리고 살고 있었습니다. 남매가 모두 장사여서 한집에서 같이 살 수가 없자 하루는 내기를 해서 지는 사람의 목을 베어 죽이기로 하였습니다. 아들은 나막신을 신고 서울까지 갔다 오는 것이고, 딸은 치마로 돌을 날라 성을 쌓는 내기였습니다. 그런데 딸은 성 쌓기를 끝내가는데 아들은 돌아올 기미가 없었습니다. 어머니는 아들을 이기게 할 욕심으로 뜨거운 팥죽을 쑤어 딸에게 먹게 하였습니다. 딸이 팥죽을 먹는 사이에 아들이 돌아왔습니다. 결국 아들이 이겨 딸은 죽임을 당하게 되었습니다. -〈오뉘 힘내기 전설〉

대체로 이 전설은 쌓다 만 성곽이 있는 지역에서 전해지는데, 이때의 산성을 '오뉘산성'이라고 부르기도 합니다. 이 전설을 들으면 안타까운 생각이 먼저 듭니다. 실력으로 보면 누이가 거의 다 이긴 셈인데, 어머니의 묘책으로 남동생이 억지로 이겼기 때문입니다. 누이로서는 억울한 일이 아닐 수가 없지요. 또 증거물로 남은 산성도 누이가 쌓아놓은 것이기 때문에 당연히 이야기를 듣는 사람들은 누이의 입장을 중심으로 그것을 되새기게 됩니다.

어떤 이야기에서는 남동생을 실존 인물인 이몽학[5]이나 김덕령[6], 정여립[7] 등으로 보기도 합니다. 실제로 이들은 훌륭한 장수였지만 모반을 꾀한다는 죄명으로 죽게 된 인물들입니다. 그렇다면 왜 이들을 〈오뉘 힘내기 전설〉의 남동생이라고 보는 것일까요? 어릴 때 누이를 억울하게 죽게 해서 결국 말년 운수가 좋지 않았다고 여긴 것입니다. 누이를 억울하게 죽게 한 남동생이 뒷날 훌륭한 장수가 되기란 어렵다는 전승자들의 비판 의식이 담겨 있다고도 볼 수 있습니다.

김덕령과 관련해서는 이 외에도 많은 전설이 전합니다. 무고로 억울하게 죽은 비운의 장수여서 그랬는지, 비극적 이야기의 주인공으로 김덕령이 자주 등장합니다.

옛날에 뛰어난 장수가 있었는데, 천하의 명마를 얻어 끊임없이 무예를 닦았습니다. 하루는 장수가 훈련을 하다가 말의 능력을 시험해보고자 하였습니다. 화살을 쏨과 동시에 말을 달려 어느 것이 더 빠른지 겨루어보기로 한 것입니다. 장수가 화살을 쏘고는 말을 달려 목적지에 도착하였는데 화살이 보이지 않았습니다. 장수는 말이 화살보다 늦은 줄 알고 화를 내며 말의 목을 베었습니다. 그런데 그 순간 화살이 날아와 말에 꽂혔습니다. 장수는 자신의 실수로 아까운 명마를 잃게 되었다고 후회하면서 말의 무덤을 만들어주었습니다. –**〈말무덤 전설〉**

주인공을 막연히 '장수'라고만 했지만 몇몇 지역에서는 이 장수가 김덕령이라고 전해지기도 합니다. 현실의 비극적인 사실이 전설의 내용에 영향을 미쳤다고 볼 수도 있지요. 자신의 말이 화살보다 느리다고 해서 죽였는데, 말이 죽고 난 뒤에야 화살이 날아와 박혔다니 그 말은 얼마나 빨랐다는 것일까요? 이야기에서 장수는 뛰어난 인물이었지만 자신의 말이 얼마나 훌륭한 명마인지 알아보지 못하고 애꿎게 죽였습니다. 이 때문에 김덕령이 장수로서의 삶을 영광스럽게 마무리하기에는 부족하다고 사람들은 생각했던 것이겠지요. 이 전설은 '말무덤'이라고 불리는 큰 무덤과 함께 전해집니다. 말무덤은 능력이 뛰어난 사람이 묻힌 큰 무덤을 말하기도 하고, 전해오는 이야기처럼 말이 묻힌 무덤을 말하기도 합니다.

이렇듯 '오뉘산성'이나 '말무덤'처럼 사람이 직접 만든 것에 대한 이야기를 전설 중에서도 인공전설이라고 부릅니다.

그런데 자연물이나 인공물에만 전설이 전해지는 것일까요? 산, 바위, 나무, 산성 등과 관련된 이야기보다는 뭐니 뭐니 해도 사람에 관한 이야기가 가장 많을 것입니다. 일례로 이순신 장군을 들 수 있습니다. 이순신 장군이 임진왜란 때 노량 해전에서 왜군의 화살에 맞아 운명할 순간에 "나의 죽음을 알리지 말라."라고 말했다고 전해지지요? 아주 유명한 이야기인데, 정말로 이순신 장군이 죽는 순간에 그런 말을 했는지는 사실 아무도 알 수 없습니다. 이순신 장군이 그러했다는 전설이 전해 내려와서 사람들이 오늘날에도 그것을 사실처럼 믿는 것일 뿐입니다. 이렇게 역사적으로 유명한 인물에 얽혀 있는 이야기를 인물전설이라고 부릅니다. 이순신 장군뿐만이 아니라 박문수, 숙종대왕, 단종, 원효대사 등에 얽힌 이야기도 모두 인물전설이고, 다음에 볼 이야기도 역시 인물전설입니다.

옛날 신라에 선덕여왕이라는 아름답고 지혜로운 여왕이 있었습니다. 한번은 당나라의 황제가 붉은색, 자주색, 흰색으로 그린 모란꽃 그림과 씨앗 석 되를 보내왔습니다. 선덕여왕은 그림을 보고는 보내온 씨앗은 나중에 꽃을 피워도 향기가 없을 것이라고 하였습니다. 모란꽃이 그려진 그림에 나비가 없었기 때문입니다. 나중에 씨앗을 심어 꽃을 피우고 보니 과연 그 말이 맞았습니다.

경주 영묘사 앞에 옥문지라는 연못이 있는데 여기에 난데없이 두꺼비 떼가 나타나 밤낮 울어대는 일이 생겼습니다. 사람들이 괴이하게 여겨 선덕여왕에게 여쭈자, 여왕은 여근곡이라는 곳으로 군사를 이끌고 가면 그곳에 백제군이 숨어 있을 테니 섬멸하라고 명령을 내렸습니다. 과연 선덕여왕이 말한 대로 그곳에 백제군이 숨어 있었고, 신라군은 백제군을 모두 무찔렀습니다. 그리고 돌아와서는 여왕에게 그 사실을 어떻게 알았느냐고 물었습니다. 선덕여왕은 "옥문(玉門)이라고 하는 것은 여성의 음부, 즉 여근(女根)을 상징하고 그곳에서 울어대는 두꺼비는 남성을 상징한다고 보았습니다. 여근곡은 그 이름으로 보아 여성의 음부라고 해석하였고, 그 안에 남성의 음경을 상징하는 백제군이 숨어 있을 것을 알았습니다. 음경이 여성의 음부 속으로 들어가면 죽는 법이어서 그리 명령하였던 것입니다."라고 대답하였습니다.

신라의 지귀(志鬼)라는 사람이 선덕여왕의 아름다움에 빠져 여왕을 만나기를 학수고대하였습니다. 선덕여왕이 영묘사를 방문할 때 이 사람이 기다리고 있었는데, 여왕은 불공을 마칠 때까지 기다리라고 하였습니다. 그러나 여왕이 나왔을 때 지귀는 영묘사 탑 아래에서 깊은 잠에 빠져 결국 만나지 못하였습니다. 뒤늦게 깬 지귀는 여왕을 기다리다 잠들어 만나지 못한 것을 한스러워하다 결국 마음에 화가 일어 몸을 태우고 화귀(火鬼)가 되고 말았습니다. -〈선덕여왕 전설〉

이것은 통일신라의 선덕여왕에 관한 전설로 아마도 한번쯤은 들어 보았을 것입니다. 역사 시간에 배웠을 수도 있고, 위인전에서 읽었을 수도 있습니다. 선덕여왕처럼 실제로 살았던 인물에 대한 전설에서는 실존 인물 자체가 증거물인 것입니다.

이렇게 전설은 증거물이 자연물인지 인공물인지 실존 인물인지에 따라 자연전설, 인공전설, 인물전설로 나뉩니다. 그리고 이러한 증거물 때문에 사람들은 그 전설이 실제 있었던 일이라고 믿습니다. 그 이야기가 진실된 것이라고 믿는 것이지요.

2. 역사와 허구의 경계에 있는 전설

전설은 실제로 일어났던 일이라 믿어지기 때문에 역사와 혼용되기도 합니다. 앞에서 본 이순신 장군과 선덕여왕의 이야기는 역사로도 볼 수 있고, 전설로도 볼 수 있습니다. 그래서 어디까지가 역사(사실)이고 어디까지가 전설(허구)인지 경계를 명확하게 구분하기가 어렵습니다.

옛날 부여의 한 과부가 우물의 용과 정을 통해 아들을 낳았습니다. 그 아들은 어려서부터 총명하였지만 집이 가난해 산에서 마를 캐어 생계를 꾸려갔기에 마퉁이 또는 서동(薯童)이라고 불렸습니다. 서동은 신라 진평왕의 셋째 딸 선화공주가 아름답다는 소문을 듣고 경주로 건너갔습니다. 서동은 골목에서 노는 아이들을 불러 모아 노래를 가르쳐주어 부르게 하였는데, 선화공주가 밤마다 서동을 몰래 만나 정을 통한다는 내용이었습니다. 이 노래는 곧 신라 전역에 퍼져 왕과 신하들의 귀에도 들어가게 되었습니다. 왕은 깜짝 놀라 선화공주를 멀리 귀양 보내기로 하였고, 왕비는 쫓겨나는 공주에게 황금 한 말을 주었습니다. 공주가 귀양을 가는데, 한 젊은이가 뒤따랐습니다. 공주가 누구냐고 물으니 그는 서동이라고 밝혔고, 이에 공주는 운명이라 생각하고 서동을 따라갔습니다.

서동의 집에 도착하여 공주가 황금을 내놓자 서동은 자신이 어릴 적에 마를 캐던 곳에 그것이 산처럼 쌓여 있다고 하였습니다. 공주가 무슨 말인가 놀라서 따라가보니 과연 산에 황금이 널려 있었습니다. 공주는 용화산의 지명법사를 찾아가서, 지명법사의 도술로 황금을 신라의 진평왕에게 보내 인심을 얻었습니다. 결국 서동은 백제의 무왕이 되었습니다.

어느 날 무왕과 선화공주가 지명법사를 만나러 가는데, 산 아래 큰 연못에 이르자 미륵삼존이 출현하였습니다. 이에 놀라서 두 사람은 엎드려 절을 하고는, 그 자리에 있는 못을 메우고 절을 짓기로 하였습니다. 진평왕도 많은 일꾼을 보내 도움을 주었는데, 이때 완공된 절이 바로 미륵사입니다. -〈미륵사 전설〉

전북 익산에 있는 미륵사에 전해지는 이야기입니다. 주인공이 백제 무왕이어서 〈백제 무왕 전설〉이라고도 하는데, 신라시대 노래라고 잘 알려진 향가 〈서동요〉의 배경 설화로도 유명합니다.

사실 미륵사를 창건한 사람이 무왕이 맞느냐에 대해서는 의견이 분분했습니다. 그러다가 국립문화재연구소가 2009년 미륵사지석탑을 해체하는 과정에서 '금제사리봉안기(金製舍利奉安記)'를 발굴했는데, 여기에는 미륵사를 창건하고 사리를 봉안한 사람이 좌평(佐平) 사택적덕(沙宅積德)의 딸이라고 나와 있습니다. 좌평 사택적덕의 딸은 무왕의 비(妃)로 알려져 있습니다. 또 건립 연대도 기해년(639년)으로 나와 있어 무왕의 재위 기간인 600~641년과 정확히 일치함을 알 수 있습니다.

이것은 재미난 이야기로도 읽을 수 있지만, 발굴된 기록과 관련해서 보면 역사적으로도 많은 점을 알려줍니다. 그래서 설화학자들뿐만 아니라 역사학자들도 전설에 많은 관심을 가지고 연구를 하고 있습니다.

그러나 전설이 역사를 바탕으로 이루어진다 하여 역사적 사실과 반드시 일치하는 것만은 아닙니다. 역사와 다르게 변형되어서 전설이 전해지기도 하는데, 그 대표적인 예가 머리말에서도 이야기한 〈에밀레종 전설〉이라고 할 수 있습니다.

'에밀레종'의 본래 이름은 '성덕대왕신종'인데 이 전설이 유명해서 '에밀레종'이라고 부르는 것이지요. 에밀레종의 종소리는 신비롭고 아름다운 데다가 다른 종에 비해 소리가 평균 1분 이상 지속된다고 합니다. 아마 그 오묘한 종소리 덕분에 이 전설이 더욱 빛을 발한다고 볼 수 있을 것입니다. 그런데 불교에서는 살생을 금하는데, 어떻게 종을 만들기 위해 아이를 희생시킬 수 있었을까요? 참으로 비극적이면서도 끔찍한 일이 아닐 수 없습니다. 하지만 이것은 한편으로 신성한 종을 만들기 위해서는 불교의 교리를 거스를 정도로 엄청난 희생이 있어야 한다는 것을 의미하는 것으로도 볼 수 있습니다.

그런데 정말로 아이를 넣었을까요? 1998년에 국립경주박물관이 성덕대왕신종에 대한 학술 조사를 하면서 종의 성분을 분석해보니 구리가 85퍼센트, 주석이 14퍼센트였는데, 사람 뼈의 성분인 인은 전혀 검출되지 않았다고 합니다. 결과만 보면 사람이 희생되었을 가능성이 희박하다는 뜻입니다. 그리고 역사 자료에도 성덕대왕신종을 만드는 데 어린아이를 희생했다는 기록이 없습니다. 19세기 이후 선교사들이 기록한 문헌이나 일제강점기 때 채록된 자료들에 이 전설이 나타납니다. 이렇게 역사적으로는 사실이 아닐지라도 사람들은 성덕대왕신종을 에밀레종이라 부르고 이 전설을 떠올립니다. 끔찍하고 비극적이기는 하지만

이로써 종과 종소리에 신성함과 경외감을 담아내는 것이지요.

이처럼 전설은 역사와 관련이 있으면서도 한편으로는 역사적 사실과 무관하게 만들어지기도 합니다. 전설이 역사를 바탕으로 재구성되기는 하지만, 간혹 비극성을 강조하고 정서를 극대화하기 위해 전승자들의 기대와 가치관에 따라 역사적 사실을 변형시키기도 하는 것입니다. 종을 만들 때 갓난아기를 넣었다고 하면 아무래도 극적으로 느껴지면서도 종소리가 더 애절하게 들리지 않을까요? 이것이 바로 전설의 효과일 것입니다.

Q. 전설은 왜 생겨났을까요?

A. 모든 전설에는 반드시 증거물이 따른다고 했습니다. 전해지는 이야기가 실제 있었던 일임을 증명하는 사물이 있다는 뜻이지요. 그런데 '증거물'이라고 하지만, 사실 이야기의 중심이 되는 사물이 먼저 있고 나서 그것과 관련된 이야기는 나중에 만들어진 것입니다.

이런 전설들은 왜 생겨나게 된 것일까요? 예를 들어봅시다. 누군가가 길을 물어볼 때, "이 길로 쭉 가다가 큰 바위가 나오거든 오른쪽으로 꺾으세요."라고 하는 것과 "이 길로 쭉 가다가 말바위가 나오거든 오른쪽으로 꺾으세요."라고 하는 것 중에서 어느 쪽이 더 전달이 잘 될까요? 특히나 그 말바위가 앞에서 본 〈말무덤 전설〉에 나오는 그 말을 닮은 바위라면 말이지요. 전설의 기원에 대해서는 여러 가지 설이 있지만, 지형지물을 잘 기억하기 위해서 생겨났다고도 합니다. 구구절절 그 지형을 설명해주는 것보다는 이런 이야기를 통해서 그 지역의 지형을 더 잘 기억할 수 있다는 것이지요. 만약 큰 연못 옆에 아기를 업은 형상의 '며느리바위'가 있다고 하면 사람들은 그 지역을 찾았을 때 자연스레 이야기를 떠올리면서 그 지형을 기억하게 될 것입니다. 다음은 〈장자못 전설〉이라고 불리는 〈며느리바위 전설〉입니다.

〈장자못 전설〉

강원도에 사는 장자(長者: 큰 부자를 이르는 말)는 중이 시주를 오면 바랑(중이 등에 지고 다니는 주머니)에 쇠똥을 가득 채워주거나 중을 대문간에 매달아두는 등 패악이 심하였습니다. 하루는 주지승이 찾아갔는데 늙은 중이 왔다고 하며 더욱 심하게 대하였습니다. 맏며느리가 그 광경을 보고 주지승에게 용서를 구하고 시아버지 몰래 쌀을 시주하였습니다. 주지승은 며느리에게 살고 싶거든 자신을 따라나서라고 이르면서 대신 절대 뒤를 돌아보아선 안 된다고 하였습니다. 며느리는 아기를 업은 채로 주지승을 따라갔습니다. 그렇게 가는데 뒤에서 천둥이 치고 벼락이 떨어지는 소리가 나자 궁금증을 이기지 못하고 며느리는 뒤를 돌아보고 말았습니다. 그리고 그 순간 며느리는 아기를 업은 채 돌로 변하고 말았습니다. 그 바위가 지금도 남아 있어 '며느리바위'라고 불립니다. 그리고 장자네 집터는 연못이 되었습니다.

제7장

금기는 왜 항상 깨지는 것일까?

1. 꼭 지켜야만 하는 금기

병원에 가면 대체로 4층이 없습니다. 3층 위에 바로 5층이 있거나, 있다 하더라도 숫자가 아닌 F로 표시되어 있습니다. 왜냐하면 숫자 4의 발음이 '죽을 사(死)'와 같아서 이것을 금기시하는 것이지요. 중국에서는 좋아하는 사람에게 선물을 할 때 우산은 절대 선물하지 않는다고 합니다. 우산을 뜻하는 '산(傘)'의 발음이 헤어진다는 의미의 '산(散)'과 같아서 이를 꺼린다는 것이지요. 이처럼 사회와 문화에 따라 금기시되는 것들이 있습니다.

그렇다면 금기(禁忌)란 무엇일까요? 금기는 영어로 '터부(taboo)'라고 합니다. '터부'라는 말은 폴리네시아어로, 영국의 탐험가 쿡 선장이

18세기 후반에 세계 일주를 한 기록을 남기면서 처음 쓴 용어로 알려져 있습니다. 폴리네시아에 속한 여러 언어에서 '터부'라는 말은 '금지한다'는 의미라고 하는데, 쿡 선장은 이것을 종교적 관습의 금기로 이해했다고 합니다. 이를테면 추장의 시체 같은 것을 접촉하는 것은 불길한 터부로 여겼던 것이지요. 그런데 이와 유사한 관습이 세계 곳곳에서 발견되어 오늘날 터부라는 말을 일상어로 사용하게 되었습니다.

우리의 일상생활에서도 애인에게 신발을 선물하면 도망가니까 안 되고, 임신 중에 닭고기를 먹으면 아기의 살이 닭살이 되니까 먹으면 안 된다는 등 많은 금기가 있습니다. 해서는 안 되는 일들이 은연중에 사회적 금기로 여겨지고 있습니다. 그리고 이러한 금기는 이야기에서 결정적인 요소로 작용하곤 합니다. 성경에도 하나님이 악에 물든 소돔과 고모라를 멸망시키려 할 때 자신이 구원하려는 롯의 가족에게 '절대 뒤를 돌아보지 말라'고 하는 금기가 나옵니다. 그런데 롯의 아내가 이를 어기고 뒤를 돌아보아 그 자리에서 소금 기둥이 되고 맙니다. 금기를 어김으로써 비극적 결말을 맞게 된 것이지요. 우리나라의 옛이야기에도 이런 금기가 많이 드러납니다.

2. 이야기 속의 금기, 이야기 밖의 금기

금기라는 것은 본래 종교적인 금제(禁制)를 나타낼 때 사용되었다고 합니다. 우리나라에서도 전통적으로 마을에서 의례를 지낼 때 지켜야 할 금기가 있었습니다. 각 마을에서는 전통적으로 마을의 평안과 풍요를 위해 정월 초하룻날이나 정월대보름, 시월상달 즈음에 주기적으로 제사를 지냈습니다. 이때 마을에서는 제장(祭長)을 뽑는데, 마을 제사를 주관할 대표가 된 제장은 매일같이 목욕재계를 하고, 마을 제사를 지내기 전까지는 좋은 것만 보고 듣는 등 몸과 마음을 깨끗이 했습니다. 또 제사를 지내기 전에 마을 입구에 새끼로 꼰 금줄을 치는데, 이것은 마을이 세속적 공간이 아닌 신성한 공간이 되었다는 의미입니다. 그래서 금줄을 금색 줄이라 하여 금(金)줄이라고도 하지만, 부정한 것을 금하는 줄이라고 해서 금(禁)줄이라고도 합니다. 그리고 이때 월경을 하는 여자나 임신한 여자는 부정하다고 여겨 마을 바깥에 피막을 만들어 거기에 머물게 하기도 했습니다. 이는 모두 신성한 상태에서 성심을 다해 제사를 드리기 위한 금기에 해당하는 것입니다. 이렇듯 금기는 의례와 관련이 되어 신성하면서도 거룩한 어떤 것을 뜻합니다.

또 금기는 꼭 지켜야 하는 것으로 간주되었습니다. 만에 하나라도 잘못했다가는 마을에 사고가 나거나 흉년이 드는 등 직접적으로 피해를 입기 때문에 사람들은 정성을 들여 금기를 지켰습니다. 이때 금기는 위험하고도 금지된 어떤 것을 의미합니다.

그러면 이러한 금기에 대해 옛이야기에서는 어떻게 설명할까요? 금기와 관련된 설화를 한번 보도록 하지요.

아주 먼 옛날에 비가 많이 내려 홍수가 져서 온 세상이 바다가 되었습니다. 그 와중에 한 남매만 산꼭대기로 도망을 쳐 무사히 살아남을 수 있었습니다. 비가 그치고 물이 다 걷힌 뒤 남매가 마을로 내려왔는데, 사람은커녕 동물조차 흔적을 찾아볼 수 없었습니다. 남매는 살길을 찾기 위해 집도 새로 짓고, 농사도 새로 시작하였습니다.
그러다 난처한 문제에 부딪히게 되었습니다.
일손은 모자라는데 남매 둘뿐이라 결혼하지
못해 후손을 둘 수 없게 된 것입니다. 이렇게
살다가는 인류의 맥이 끊어지지 않을까 염려도
되었습니다. 그리하여 남매는 맷돌을 가지고 높은
산으로 올라가 두 손을 모으고 "우리는 남매이니
서로 혼인할 수도 없고 그렇다고 인류의 후손이
끊기게 할 수도 없으니 어찌하면 좋습니까?"
하고 하늘에 빌었습니다. 그런 뒤 여자는
암맷돌을, 남자는 수맷돌을 굴렸는데 두 돌이
골짜기에서 하나로 합쳐졌습니다. 남매는 다시
각각 다른 산봉우리에 올라 청솔가지에 불을 붙였는데, 두 가닥의 연기가 공중에서 하나로 합쳐졌습니다. 마지막으로 남매는 손목에 피를 내어 떨어뜨렸는데 그 피가 하나로 합쳐졌습니다. 이를 보고 남매는 어쩔 수 없는 하늘의 뜻이라 여기고 혼인을 하였습니다. 우리들은 이 혼인에서 비롯된 것이니, 이 남매가 지금 인류의 시조인 셈입니다.

-〈남매혼 전설〉

이것은 세상의 모든 것이 자취도 없이 사라져버릴 정도로 홍수가 크게 났을 때의 일을 이야기한 것이라 하여 〈대홍수 설화〉라고도 하고, 남매가 혼인을 했다고 하여 〈남매혼 설화〉라고도 합니다. 그런데 이와 비슷하지만 거기에 담긴 가치관이 전혀 다른 이야기도 전해지고 있습니다.

옛날에 어느 부부가 딸 하나, 아들 하나를 두고 살다가 세상을 떠났습니다. 오누이는 강 저편에 있는 농지로 건너가 농사를 지어 먹으며 살았습니다. 하루는 여름철이 되어 소나기가 와서 강물이 엄청나게 불어났습니다. 오누이는 옷을 벗은 채 강물을 건너기로 하였습니다. 앞서 가던 누나의 벌거벗은 몸을 보고 남동생은 자기도 모르게 욕정이 일어나는 것을 느꼈습니다. 남동생은 남매간에 그러한 감정을 느꼈다는 사실에 충격을 받았습니다. 남동생은 누나에게 뒤따라오라 하고는 먼저 강을 건너갔는데, 결국 죄의식을 이기지 못해 자책하면서 바위 위에 남근을 놓고 돌로 찧어서 자살하고 말았습니다. 뒤따라 강을 건너온 누나는 동생이 피를 흘리면서 죽어 있는 것을 보자 애달프고 원통하여 "달래나 보지, 달래나 보지." 하면서 울부짖었습니다. 그래서 그 뒤로 그 강 이름을 '달래강'이라고 부르게 되었습니다. –〈달래나 보지 전설〉

근친상간(近親相姦)은 일반적으로 금기시되는 것 중의 하나인데, 두 이야기는 모두 '근친상간은 안 된다'는 것을 기본 전제로 하고 있습니다. 그렇지만 이야기에서 각각의 남매가 처한 상황은 서로 다릅니다. 첫 번째 이야기는 대홍수가 일어나서 세상의 모든 것이 멸종하고 오로지 남매만 남게 된 극한 상황입니다. 남매밖에 없으니 일손도 부족하고, 무엇보다 인류가 절멸할 위기에 처했습니다. 근친상간을 행해서는 안 된다는 윤리를 따를 것인지, 인류의 존재를 지속시켜야 하는지의 문제가 생겨난 것입니다. 윤리론과 존재론이 서로 부딪친 것이지요. 남매는 하늘에 뜻을 묻는데, 하늘의 뜻은 오직 한 가지, 둘이 관계를 맺으라는 것입니다. 그리하여 남매는 결국 관계를 맺어 오늘날 인류의 시조가 됩니다. 남매는 인류의 맥을 잇기 위해 하늘의 뜻으로 근친상간을 행한 것입니다.

이에 반해 두 번째 이야기에서는 남동생이 누나의 젖은 몸을 보고 욕정을 느낀 것에 대해 죄의식을 가지면서 자신의 남근을 돌로 쳐 죽어버립니다. 욕정을 느낀 것 자체만으로도 치욕스러워 죽음을 택한 것이지요. 이 이야기에서 남매는 인류가 절멸될 극한 위기에 처해 있지 않습니다. 부모를 잃고 둘이 살아가야 하는 것은 남매의 개인적 문제이지 인류 전체의 위기가 아닙니다. 남매는 그저 우리와 같은 평범한 인간입니다. 그러한 상태에서 남동생이 누나에게 욕정을 느꼈다는 것은 윤리적으로 있어서는 안 되는 일입니다. 결국 남동생은 죽음을 택하고, 누나는 "달래나 보지." 하면서 울부짖습니다. 만약에 남동생이 죄책감으로 혼자서만 괴로워하지 않고 누나에게 한순간 욕정이 일어난 것을 대화로 해결하려 했다면 극단적인 죽음 대신 무엇인가 그것을 극복할 만한 해결점이 나오지 않았겠느냐는 것입니다. 하지만 이미 때는 늦어버렸고, 남동생이 비극적 죽음을 맞은 장소는 '달래강'이라는 이름으로 전해지게 됩니다. 경우에 따라서는 강이 아니라 고개에서 이런 일이 일어났다고 하여 '달래고개'라 이름 붙여진 곳도 있습니다.

두 이야기는 비슷하면서도 무척 다릅니다. '근친상간'이라는 모티

프를 전제로 하지만 그에 대한 해결점이라든지 결말이 전혀 다릅니다. 왜 그런 것일까요?

첫 번째 이야기는 신화적 차원의 이야기이지만 두 번째 이야기는 그렇지 않기 때문입니다. 첫 번째 이야기에서 남매의 근친상간은 평범한 사람에게서 일어난 일이 아닙니다. 하늘의 허락을 얻어 행한 신성한 행위입니다. 하늘의 뜻이 필요한 곳에서는 근친상간이라는 윤리도 뛰어넘을 수 있다는 것이지요. 하지만 두 번째 이야기는 그렇지 않습니다. 우리와 같은 평범한 사람들의 이야기입니다. 그러므로 어떤 상황이라도 윤리를 거스를 수 없는 것입니다.

그렇다면 이러한 금기는 왜 생겨난 것일까요? 본래 금기는 의례와 관련이 있습니다. 마을 제사를 앞두고 제장이 몸을 깨끗이 하고 초상집 같이 불길한 곳에는 가지 말아야 한다는 금기가 생긴 것은, 그렇지 않으면 마을에 전염병이 돌고 흉년이 들고 배가 뒤집히는 등 불행한 일이 일어날 것이라고 사람들이 믿었기 때문입니다. 즉, 금기를 지키지 않으면 벌을 받는다고 믿었던 것이지요. 그래서 금기를 지키지 않았더니 벌을 받더라는 이야기는 '그러니까 금기는 반드시 지켜야 한다'는 질서에 힘을 실어주는 역할을 합니다. 이렇듯 금기는 질서 강화를 위해 필요한 것입니다.

3. 이야기에서 금기가 깨졌을 때

금기는 반드시 지켜야 하는 것으로, 그것을 지키지 않으면 어떠한 엄벌이 가해진다고 사람들은 믿습니다. 반드시 지켜야 하는 것이라고 누구나 알고 있지만, 사실 금기를 어기는 일은 아주 쉽습니다. 조금이라도 신경을 기울이지 않으면 아차, 하는 순간에 어길 수 있는 것이 금기입니다.

이러한 속성 때문인지 이야기 속에서는 시험으로서의 금기가 많이 주어집니다. 앞서 보았던 〈장자못 전설〉에서 주지승은 쌀 대신 쇠똥을 시주하며 자신을 비웃는 장자를 벌하려고 했습니다. 그런데 장자네 며느리가 나오더니 장자의 행동을 사과하며 시주를 했습니다. 주지승은 마음씨 착한 며느리를 살려주기 위해 집을 버리고 산으로 피신하라고 말하면서 '절대 뒤를 돌아보아선 안 된다'고 당부하는데, 이것이 바로 이야기 속 인물에게 주어진 금기입니다.

이 외에 금기가 드러나는 이야기를 한 편 더 보도록 할까요?

옛날에 어느 가난한 농부 부부가 있었는데, 아이의 이름을 우투리라고 하였습니다. 한번은 부부가 일을 하고 돌아왔는데 우투리가 없어진 것이었습니다. 놀라서 찾아보았더니 우투리는 겨드랑이에 붙은 날개로 날아다니고 있었습니다. 예로부터 겨드랑이에 날개를 달고 난 인물은 왕을 위협하는 존재이므로 위험하다고 여겨 나라에서 미리 알고 해쳤기에, 부부는 걱정 끝에 지리산 깊은 곳으로 들어가 살기로 하였습니다.

그런데 이미 소문이 나서 나라에서도 알게 되었습니다. 그래서 임금은 우투리를 잡으러 군사를 보냈습니다. 우투리는 이상한 낌새를 눈치채고는 부모에게 아무런 말도 남기지 않은 채 사라져버렸습니다. 군사들은 부부를 잡아 고문을 하였지만 그들도 우투리가 어디 있는지 모르기에 할 수 없이 풀어주었습니다. 부부가 집에 돌아오니 우투리가 눈물을 흘리며 부모를 기다리고 있었습니다.

그 이후 우투리는 콩 한 말을 가져와 어머니에게 볶아달라고 하였습니다. 어머니는 콩을 볶다가 한 알이 톡 하고 튀어나오는 걸 보고 하도 배가 고파 그걸 주워 먹었습니다. 우투리는 볶은 콩으로 갑옷을 만들었는데 어머니가 주워 먹은 한 알이 모자라서 왼쪽 겨드랑이 날개 아래를 가리지 못하였습니다. 우투리는 어머니에게 "조금 있으면 군사들이 다시 저를 잡으러 올 것입니다. 혹시 제가 싸우다 죽으면 뒷산 바위 밑에 묻어주되 쌀 서 되, 콩 서 되, 팥 서 되를 같이 묻어주십시오. 그리고 삼 년 동안은 절대 아무에게도 묻힌 곳을 가르쳐주면 안 됩니다. 그러면 그 뒤에는 우리가 영원히 함께 살 수 있을 것입니다." 하고 신신당부하였습니다. 또다시 군사가 쳐들어오자 우투리는 군사들과 맞서 싸웠습니다. 군사들은 겁을 먹

고서 가까이 오지 못하고 멀리서 활을 쏘았는데, 화살은 콩으로 만든 갑옷에 맞아 힘없이 부러지고 말았습니다. 그런데 우투리가 방심한 틈을 타서 마지막 화살 하나가 날아와 콩이 모자라 가리지 못하였던 왼쪽 겨드랑이 아랫부분을 맞혔고, 결국 우투리는 죽고 말았습니다. 군사가 물러나자 우투리의 부모는 우투리가 말한 대로 곡식을 준비해 뒷산 바위에 묻어주었습니다.

우투리가 죽자 나라에서도 이제 안심하고 있었는데, 몇 년 뒤 백성들 사이에서 우투리가 죽지 않고 살아 있다는 소문이 돌았습니다. 이 소문은 곧 임금의 귀에도 들어갔고, 이번에는 임금이 직접 군사를 거느리고 나섰습니다. 우투리의 부모를 붙잡아 아이를 묻은 곳을 밝히라고 하였지만, 어머니는 밝히지 않았습니다. 그러다가 임금이 어머니 자신마저도 죽이겠다고 위협하자, 결국 어머니는 우투리를 묻은 곳을 실토하고 말았습니다. 임금이 우투리를 묻은 곳으로 가서 바위를 열자, 그 안에서는 우투리를 묻을 때 같이 묻은 곡식들이 각각 병사가 되고 말이 되고 무기가 되어 있었습니다. 바위가 열린 틈으로 바람이 들어가자 그 많은 병사들은 눈 녹듯이 사라졌고, 막 말에 올라타려던 우투리도 감쪽같이 사라져버렸습니다. 3년에서 딱 하루가 모자라는 날이었습니다. 그 뒤로 지리산 어느 자락에서는 날개 달린 말이 며칠 밤낮을 구슬피 울다가 연못 속으로 사라졌다고 합니다. -〈아기장수 전설〉

전국에서 널리 전해지는 이 이야기는 비극적인 장수 이야기의 대명사입니다. 여기에서도 금기 사항이 나오는데, 바로 우투리가 어머니에게 3년 동안은 절대 아무에게도 자신이 묻힌 곳을 알려주지 말라고 당부하는 것입니다. 그런데 이 금기는 지켜지지 못합니다. 만약에 어머니가 끝끝내 비밀을 지켜 금기를 어기지 않았다면 우투리는 그렇게 바람처럼 사라져버리지는 않았을 것입니다. 게다가 그 비밀을 들켜버린 것이 3년에서 딱 하루 모자라는 날이라고 하니, 그 하루를 지키지 못한 아쉬움이 더더욱 크게 다가옵니다.

〈아기장수 전설〉에서 어머니는 왜 약속을 어기고 우투리가 숨은 곳을 알려주었을까요? 〈장자못 전설〉에서 며느리는 왜 스님의 당부를 어기고 뒤를 돌아보았을까요? 이렇게 금기가 나오는 이야기에서는 대체로 금기가 지켜지지 못합니다.

〈선녀와 나무꾼〉에서도 그러하지요. 노루가 나무꾼에게 선녀의 날개옷을 숨겨두라고 하면서, 선녀가 아이를 셋 낳을 때까지는 숨긴 곳을 알려주지 말라고 합니다. 그러나 마음 약한 나무꾼은 선녀가 아이를 둘 낳았을 때 그곳을 알려주어 선녀는 아이 둘을 양팔에 끼고 하늘로 올라가버리고 맙니다. 나무꾼은 후에 선녀를 찾아가 하늘나라에서 살게 되었지만, 고향에 계신 어머니가 그리워 잠시 인간 세상에 다녀가게 되지요. 그때 선녀는, 절대 말에서 내리면 안 된다고 신신당부합니다. 홀로 있던 어머니는 오랜만에 아들이 온 것이 너무나 반가워 따뜻한 방에 앉히고 싶어 하지만 나무꾼은 무례함을 무릅쓰고 말에서 내리지 않습니다. 그러자 어머니는 안타까운 마음에 죽을 끓여서 먹으라고 합니다. 나무꾼은 말에서 내리지 않은 채로 죽 그릇을 받아드는데, 그릇이 너무 뜨거워 그만 놓치고 맙니다. 그로 인해 말이 놀라 날뛰고 결국 말에서 떨

어진 나무꾼은 다시는 하늘나라로 올라갈 수 없게 됩니다.

금기가 깨어진 것을 보고 우리는 많이 아쉬워하지만 그것을 두고 주인공을 차마 나무랄 수는 없습니다. 〈장자못 전설〉의 며느리처럼 가족을 버리고 가는 중에 뒤에서 심상찮은 소리가 들리는데 차마 뒤를 돌아다보지 않을 수가 있을까요? 〈아기장수 전설〉의 어머니 역시 임금이 자신을 죽이겠다는데 겁이 나는 것은 당연한 일 아닐까요? 〈선녀와 나무꾼〉의 나무꾼 역시 자신이 숨긴 날개옷 때문에 하늘나라에 돌아가지 못한 선녀에게 미안한 마음이 들었을 테고, 다시 고향에 돌아와서도 홀로 계신 어머니의 성의를 무시할 수 없었기 때문에 그런 것입니다.

다시 말한다면, 이야기 속의 인물들이 금기를 어길 수밖에 없었던 것은 그들이 인간이기 때문입니다. 그들은 신이 아닙니다. 인간이라는 태생적 한계 때문에 금기를 지키기 어려웠던 것입니다. 그래서 우리는 이런 이야기를 들으면 금기를 깬 인물을 탓하기보다는 인지상정(人之常情)으로 안타까워하고 아쉬워하는 것입니다.

신화나 의례에서 금기는 질서를 강화하는 역할을 한다고 했습니다. 그러나 전설에서 금기는 비극성을 강조합니다. 이러한 점 때문에 주로 전설에서 금기가 나타납니다. 〈아기장수 전설〉에서 아기장수는 신비한 능력을 지닌 비범한 인물이지만 '아기'라는 말이 의미하듯 세상을 바꾸기에는 힘이 아직은 부족하여 좌절하고 마는 인물로 그려집니다. 그래서 이 이야기가 더 비극적으로 느껴지는 것입니다.

이렇듯 금기는 이야기의 비극성을 강조하기 위해 활용되고, 거기에서 우리는 안타까움과 아쉬움, 나아가서는 감동까지 느끼는 것입니다.

Q. 일상생활에서 금기로 통용되는 것이 이야기에서도 금기로 나타나는 경우가 있나요?

A. 시험 날 미역국을 먹으면 떨어진다거나 붉은색으로 이름을 쓰면 안 좋다는 등의 생활 속 금기와 뒤를 돌아보면 안 된다거나 절대 비밀을 누설하면 안 된다는 등의 이야기 속에서 구현되는 금기는 서로 연관이 없습니다. 그런데 생활 속에서의 금기가 이야기에서도 똑같이 금기로 드러나는 경우가 있습니다. 바로 '다리를 떨지 말라'는 것인데, 다리를 떨면 복이 달아난다거나 가난하게 산다고 어른들에게 꾸지람을 듣곤 했던 기억이 있을 것입니다. 그와 같은 일상의 금기를 뒷받침해주는 옛이야기가 전해지고 있습니다.

〈다리 떨면 가난하게 산다〉

옛날에 어떤 용한 관상쟁이가 길을 가다가 날이 저물어 근처의 집에 가서 하룻밤 묵게 되었습니다. 주인의 관상을 보니 부자로 잘살 상인데 가난하게 살고 있는 것이었습니다. 이상하게 여기고 주인을 살펴보았더니, 주인이 한쪽 다리를 떨어서 들어오는 복을 차내고 있었습니다. 관상쟁이는 주인이 자는 틈을 타서는, 도끼로 다리를 찍어놓고 도망쳤습니다. 몇 년이 흘러, 그 관상쟁이가 길을 가다가 어느 부잣집에서 하룻밤을 묵게 되었습니다. 그런데 주인이 한쪽 다리가 없는 것이었습니다. 관상쟁이는 어찌 된 사연이냐고 물었고, 주인은 아주 오래 전에 자신의 집에 묵은 사람이 도끼로 다리를 찍고 도망갔다고 알려주었습니다. 관상쟁이는 자초지종을 밝혔고, 이에 주인은 고맙다고 하며 큰절을 올렸습니다.

제8장

전설에 많이 나오는 주인공은 누구일까?

1. 복 받은 효자 이야기

요즘 뉴스를 보면 '패륜'이라고 할 만한 소식을 종종 접할 수 있습니다. 늙은 부모를 두고 아들 내외가 몰래 이사를 가버렸다든지, 심하게는 부모에게 폭력을 행사했다든지 하는 좋지 않은 소식들 말입니다. 그런 소식을 접할 때마다 사람들은 인간으로서 어찌 그럴 수가 있느냐면서 혀를 차곤 합니다.

우리 민족은 전통적으로 '효(孝)'를 강조해왔습니다. '효'란 한자 그대로 젊은 자식(子)이 늙은 노인(耂)을 업고 있는 모양으로, 어른 특히 부모를 공경하는 것을 말합니다. 자신을 낳아주고 길러준 부모를 공양하는 것은 어찌 보면 당연한 일인 데다가 효를 행하는 것을 미덕으로 여겨온 사회에서 부모를 죽이거나 버린 소식을 접하면 다들 놀라며 분노할 수밖에 없는 것이지요.

우리 옛이야기에도 효와 관련된 이야기가 많습니다. 병든 부모님이 한여름에 갑자기 홍시가 먹고 싶다고 하거나 한겨울에 산딸기가 먹고 싶다고 하자 아들이 우여곡절 끝에 그것을 구해온다는 이야기는 아마 한번쯤 들어본 적이 있을 것입니다. 그중에서도 특히 〈효녀 심청〉은 널리 알려진 이야기로, '심청'이라는 이름 앞에는 언제나 '효녀'라는 말이 따라붙습니다. 앞을 못 보는 아버지의 눈을 뜨게 하기 위해 심청이 인당수에 스스로 몸을 던진 행동을 지극한 효성으로 본 것이지요. 하지만 한편으로는 눈먼 아버지를 홀로 남겨두고 바다에 뛰어든 심청의 행동이 성급한 판단으로 보이기도 합니다. 부모보다 먼저 죽는 것이 가장 큰 불효라는 말도 있듯이 아버지의 눈을 뜨게 하기 위한 심청의 행동은 너무도 극단적이었다는 것이지요.

그런데 효와 관련된 옛이야기 가운데에는 이렇게 극단적인 행동을 보이는 경우가 종종 있습니다. 병든 부모님을 위해 자신의 허벅지살을 도려내어 고깃국을 끓여 대접했다는 이야기도 그러합니다. 과연 이렇게 행동해야만 진정한 효를 행했다고 할 수 있는 것일까요? 이야기들을 살펴보면서 더 생각해보도록 할까요?

옛날에 남편을 객지로 떠나보내고 혼자 남아 눈먼 시어머니를 모시던 착한 며느리가 있었습니다. 병든 시어머니는 "죽기 전에 고깃국 한 번만 먹어보았으면." 하고 매일 같이 앓는 소리를 하였습니다. 그러나 워낙 어려운 살림이라 고기를 구할 도리가 없었습니다. 시어머니가 안쓰러웠던 며느리는 어느 날 개울가에서 지렁이를 보고 그것을 잡아 깨끗이 씻었습니다. 그러고는 그 지렁이로 국을 끓여서 저녁 밥상에 올렸습니다. 시어머니는 그것이 고깃국인 줄 알고 아주 기뻐하며 맛있게 먹었고, 이후 며느리는 종종 지렁이로 국을 끓여 시어머니께 바쳤습니다. 그러던 어느 날, 시어머니는 아들이 오면 며느리를 칭찬하려고 국 건더기를 건져 몰래 이부자리 밑에 감추어두었습니다. 몇 달이 지나 오랜만에 아들이 돌아와 어머니를 뵈었는데, 그사이 어머니는 살도 도톰히 오르고 혈색이 좋아진 것이었습니다. 아들이 편하게 지내셨느냐고 묻자, 어머니는 며느리가 이것으로 국을 끓여주더라면서 이부자리 밑에 감추어두었던 국 건더기를 꺼내 보였습니다. 아들은 그것을 보고 “아니, 어머니, 이것은 지렁이잖습니까?” 하고 깜짝 놀라 소리쳤고, 그 소리에 어머니는 눈을 번쩍 뜨게 되었습니다. 그간의 사정을 들은 남편은 아내에게 큰절을 올렸습니다. –〈지렁이 삶아 봉양한 효부〉

가난한 살림이라 고깃국으로 시어머니를 봉양할 능력이 안 되자 며느리는 대신 지렁이라도 잡아 그것으로 국을 끓였습니다. 시어머니는 눈이 멀었으니 의심하지 않은 채 지렁이를 고기로 알고 먹었을 것입니다. 눈이 안 보이는 시어머니에게 지렁이를 고기로 속여 먹였는데, 이 행위는 과연 효일까요, 불효일까요? 어찌 보면 눈먼 시어머니를 기만한 불효로 볼 수 있습니다. 그러나 한편으로는 없는 살림에 지렁이로라도 시어머니를 공양하고자 한 깊은 효심으로 볼 수 있습니다. 며느리가 효를 행한 것인지 아닌지에 대한 당시 사람들의 판단은 이야기의 마지막 대목을 보면 알 수 있습니다. 장님이던 시어머니가 눈을 번쩍 뜨고, 결국 며느리는 효부로 판명이 납니다. 이 이야기를 향유했던 사람들은 지렁이를 고기 대신 주었다는 사실보다는, 없는 살림에 최선을 다해 시어머니를 모신 며느리의 마음을 높이 산 것이지요. 그래서 남편은 아내에게 큰절을 올린 것입니다.

효자 이야기에는 이것만 있는 것이 아닙니다. 다음 이야기를 한번 살펴볼까요?

옛날에 어느 부부가 늙은 어머니를 모시고 살고 있었습니다. 어머니가 병에 걸려 백방으로 약을 구하였지만 아무런 효험이 없었습니다. 하루는 마을을 지나가던 스님이 그 부부를 보더니 자식을 삶아 그 물을 어머니께 드리면 병이 나을 것이라고 하였습니다. 고민하던 부부는 자식이야 다시 낳으면 되지만 부모는 돌아가시면 그만이라고 생각하고 스님의 말을 따르기로 하였습니다. 부부는 서당에서 공부를 마치고 돌아온 어린 아들에게 목욕을 시켜준다고 하고는 아들을 펄펄 끓는 솥에 집어넣었습니다. 그렇게 해서 어린 아들을 삶은 물을 어머니께 드렸더니, 과연 병이 완전히 나았습니다. 그런데 그날 저녁 아들이 서당에서 공부를 하다 늦었다고 하면서 집으로 들어오는 것이었습니다. 깜짝 놀란 부부가 솥뚜껑을 열어보았더니, 솥에는 아들 대신 동자삼(童子蔘)이 둥둥 떠 있었습니다.

-〈동자삼 전설〉

부모에게 가장 소중한 존재는 누구일까요? '내리사랑'이란 말도 있듯이 아무래도 자식일 것입니다. 그러할진대 자신의 아이를 희생시킨다는 것은 세상에서 가장 어렵고 힘든 일일 것입니다. 그런데 이 이야기에서 부부는 이처럼 어려운 일을 병든 어머니를 위해 기꺼이 행합니다. 그래서였을까요? 그날 저녁에 아들은 거짓말처럼 다시 집으로 돌아왔습니다. 아들인 줄 알고 솥에 넣었던 것은 실은 동자삼이었던 것이지요. 동자삼은 수백 년 묵은 산삼으로, 그 모양이 꼭 어린아이처럼 생겼다고 합니다. 자식을 바쳐서라도 부모의 병을 고치려고 했던 부부의 효심에 하늘이 감동하여 아들을 살려주고 대신 동자삼을 보내준 것입니다.

이 이야기 외에도 효를 위해 자식을 희생하는 이야기는 우리나라 곳곳에서 전해지고 있습니다.

신라시대 모량리에 손순이라는 사람이 있었습니다. 이 사람은 너무도 가난하여 남의 집에 품을 팔아 늙은 어머니를 봉양하였습니다. 손순에게는 어린 아들이 있었는데 늘 어머니의 음식을 빼앗아 먹는 것이었습니다.

이를 보다 못한 손순은 아내에게 아이는 다시 얻을 수 있지만 어머니는 다시 얻을 수 없으니, 어머니가 배고프시지 않도록 아이를 묻어버리자고 하였습니다. 그래서 그날 밤 손순은 아이를 데리고 산으로 올라가 땅을 파기 시작하였습니다. 그런데 한참을 파다 보니 그 자리에서 돌종이 나왔습니다. 이것을 보고 아내는 돌종이 나온 것은 아이의 복이니 아이를 묻지 말고 돌아가자고 하였습니다. 손순이 종을 가지고 돌아와 매달아놓으니 은은한 종소리가 대궐까지 울려 퍼졌습니다. 마침 임금님이 이 소리를 듣고 어디에서 들리는 소리인지 알아보라 하였고, 손순의 사연을 알게 되었습니다. 임금님은 손순의 효성에 감동을 받아 집 한 채를 주고, 매년 벼 50석을 주며 손순의 효를 기리게 하였습니다. -〈손순 매아(埋兒) 전설〉

이 이야기는 『삼국유사』에 나오는 이야기입니다. 어린 아들이 늙으신 어머니의 음식을 빼앗아 먹는 것을 보고, 어머니를 봉양하기 위해 자식을 희생시키려고 하는 이야기입니다.

앞에서도 말했듯이 자식은 부모에게는 목숨보다도 소중한 존재입니다. 자식을 위해 자신을 희생하는 부모의 이야기를 우리는 일상에서 종종 접할 수 있습니다. 그런데 늙으신 부모를 위해 자신의 목숨보다도 훨씬 소중하게 여기는 자식마저 기꺼이 바치려고 하는 이 마음은 효가 얼마나 위대하고 중요한 것인지, 그리고 효를 행하는 것이 얼마나 어려운 일인지를 보여줍니다.

공자와 증자가 효도에 관하여 문답한 것을 기록한 『효경(孝經)』에서는 내 몸을 상하지 않게 하는 것이 효의 시작이라고 합니다. 그러고 보면 효는 아주 쉬운 일에서부터 시작하는 것입니다. 그럼에도 옛이야기들이 이렇게 극단적인 행위를 강조하고 있는 것은 무엇 때문일까요? 이는 아마도 자기 자식은 소중히 여기면서 부모는 돌보지 않는 무관심을 경계하고 효를 행하라는 메시지를 더욱 강렬하게 전달하기 위해서 그런 것이 아닐까 싶습니다. '효'라는 덕목이 말하는 것에 비해 실천하기가 무척 어렵기 때문입니다.

2. 가련한 열녀 이야기

효자 이야기 못지않게 우리 옛이야기에는 열녀와 관련된 것도 많습니다. 어느 마을에 가면 '효자각'이나 '열녀문'을 볼 수 있는데, 이것은 예전에 그 마을에 살았던 효자와 열녀에게 나라에서 상을 내린 것을 기리기 위해 세운 것입니다.

흔히 옛이야기에서 '열녀'라 하면 누가 떠오르나요? 아무래도 '춘향'이 가장 먼저 생각날 것입니다. 새로 부임해온 변 사또가 기생의 딸인 춘향의 아름다움에 반해 수청을 들게 하지만, 춘향은 이미 이몽룡과 정분을 나눈 사이라 단호히 거부하지요. 춘향은 결국 감옥에 갇혀 고생을 하다 사약을 받고 죽게 되는데, 그 순간 이몽룡이 암행어사가 되어 나타나 변 사또를 물리치고 춘향을 구합니다. 이로써 이몽룡을 위해 수절하던 춘향은 그동안의 고통을 한 번에 보상받게 되지요.

춘향을 열녀의 대표적인 인물로 보는데, 그러면 이렇게 한 남자만을 기다리면서 수절하는 것이 '열(烈)'일까요? 요즘의 관점으로 말한다면, 군대 간 남자 친구를 기다리는 것이 '열'일까요? 그러나 예로부터 유교 경전에서 말하던 '열'은 요즘 우리가 흔히 생각하는 남녀 간의 사랑과는 좀 차이가 있습니다. 누구나가 쉽게 행할 수 있는 그런 개념이 아니었습니다.

'열'에 대한 관념은 중국과 우리나라에서 꽤 오래전부터 드러나는데, 중국의 경우 처음에는 부부 사이에 지켜야 할 여성의 윤리 정도로 이해되다가 후대로 갈수록 남편과의 의(義)를 위하여 목숨을 버린다는 의미로 바뀌었다고 합니다. 우리나라에서도 조선 전기에는 사랑하는 남자에 대해 신의를 버리지 않는다는 의미로 쓰였다가 후기로 갈수록 죽음으로써 수절한다는 의미로 변했다고 합니다. 그래서 혼인을 언약한 집안끼리 사주단자를 주고받으면 이미 부부가 된 것으로 여겨, 혼인식을 올리기 전에 신랑이 죽어버려도 신부는 평생 정절을 지키며 홀로 살아야 했습니다. 지금도 쓰이는 '미망인(未亡人)'이란 말은 '아직 죽지 않은 여자'라는 뜻으로, 남편이 죽었는데도 따라 죽지 않음을 은근히 비판한 말입니다. 이처럼 한 번도 만나본 적 없이 언약만 맺은 남자가 먼저 죽으면 그를 따라서 스스로 목숨을 끊거나 평생을 홀로 살아야 하는 행위를 '열'이라 했습니다. 이를 보면 '열'이니 '절개'니 하는 말은 피부에 쉽게 와 닿는 관념은 아닌 것 같습니다.

열행도 효행 못지않게 전통적 유교 사회에서 중요한 미덕으로 여겨졌습니다. 그래서 춘향처럼 모진 고난에도 정절을 지키는 이야기가 많이 전해집니다. 특히 임진왜란이나 병자호란 등 전쟁이 일어났던 때에는, 남자들은 모두 전쟁터에 나가고 여자들만 남아 있는 상황에서 적군이 쳐들어왔기 때문에 그때 적군에게 손목을 잡힌 여성들이 스스로 목숨을 끊었다는 이야기 또한 많이 전해지고 있습니다. 다음 이야기도 그러합니다.

옛날 임진왜란 때 왜군이 쳐들어와 마을의 남자들을 모조리 잡아 죽였습니다. 이때 한 남자가 몰래 산으로 달아나 숨어 지냈습니다. 숨어서 마을을 내려다보며 정황을 살폈는데, 그러던 중에 왜군이 자기 아내를 끌어안고 입을 맞추는 것을 목격하였습니다. 임진왜란이 끝나고 왜군이 물러간 뒤 집으로 돌아와 아내를 만나게 되었는데, 아내는 남편 근처에 전혀 오지 않는 것이었습니다. 왜 그러느냐고 묻자 아내는 눈물을 흘리면서 이 팔목은 왜놈에게 붙잡힌 것이라 하면서 팔목을 잘랐습니다. 그리고 이 입은 왜놈이 맞춘 입이라 하면서 입을 도려내었고, 마지막으로 이 몸은 왜놈이 끌어안은 몸이라 하면서 자살해버렸습니다. 남편은 아내를 불쌍히 여기고 그 정신을 기려 열녀정문을 세워주었습니다. –〈열녀 설화〉

이것은 열녀문과 함께 전해 내려오는 이야기입니다. 왜군이 쳐들어오자 남자는 가족을 버리고 살기 위해 산으로 도망가고 아내 혼자 집을 지키고 있는 상황이었습니다. 그러다가 아내는 왜군에게 순결을 잃게 되었고, 결국 자결하고 맙니다. 요즘의 관점으로는 가정과 아내를 지키지 않고 혼자만 도망쳐 숨어 있던 남자가 더 잘못한 것이고, 아내가 왜군에게 목숨을 잃지 않은 것만이라도 차라리 다행스럽게 여겨집니다. 그러나 당시의 '열'이란 관념에서는 그렇지가 않습니다. 한 집안의 가장은 전쟁 중에 어떻게라도 살아야 하는 것이고, 아녀자는 적에게 손목이라도 잡히면 자결해야 하는 것이 마땅한 일이었습니다.

이 이야기 외에도 바닷가 마을에서는 배 타고 나간 남편을 기다리던 아내가 스스로 바다에 빠져 죽었는데, 며칠 뒤 남편과 아내의 시체가 함께 바닷가로 떠밀려 왔다는 이야기도 많이 전해집니다.

이처럼 열녀 이야기에는 남편을 위해 자신의 목숨까지 기꺼이 내놓는 이야기가 많습니다. 꼭 죽어야만 했을까, 극단적으로 느껴지는 이야기가 열녀 이야기에서는 너무도 당연한 것으로 받아들여집니다.

그러면 열녀는 평생 한 남자만 섬겨야 하는 것일까요? 이에 대해 생각해보게 하는 이야기를 보겠습니다.

혼자 사는 남자가 친구의 아름다운 아내를 보고 반해버렸습니다. 그래서 친구의 아내를 빼앗기 위해 함께 나무하러 가서는 친구를 낫으로 베어 죽였고, 친구는 목에 피를 거품처럼 뿜으며 죽었습니다. 혼자 돌아온 남자는 시치미를 떼고 친구의 아내에게 접근하였고, 결국 둘은 부부가 되어서 함께 지내게 되었습니다. 그러던 어느 비 오는 날, 아내가 남자의 귀를 파주고 있었습니다. 남자가 아내의 무릎을 베고 누워 있는데, 낙숫물이 거품을 내며 떨어지는 것을 보자 옛 생각이 나 그것을 보고 혼자 웃었습니다. 아내가 왜 혼자만 웃느냐고 묻자, 남자는 잠시 망설이다가 아내가 이제는 어쩌지 못할 것이라 생각하고는 웃게 된 사연을 말해주었습니다. 낙숫물이 거품을 내며 떨어지는 것을 보니 예전에 자신이 친구를 죽였을 때 친구 목에서 피가 거품처럼 일던 것이 생각나서 그랬다고 털어놓은 것입니다. 이를 듣고 아내는 귀이개로 남자의 귀를 푹 찔러 죽이고, 곧이어 자신도 자결해버렸습니다. -〈이부열녀〉

여인에게는 특이하게도 처음의 남편과 두 번째 남편, 이렇게 남편이 둘 있습니다. 여기에서는 남편이 하나인지 둘인지가 중요하지 않습니다. 여인이 각각의 남편에 대해 제대로 열을 행했는지가 문제가 됩니다.

여인은 두 번째 남편이 첫 번째 남편을 죽였다는 말을 듣고, 첫 남편에 대한 열을 행하기 위해 두 번째 남편을 죽였습니다. 첫 번째 '열'을 행한 것이지요. 하지만 그다음에는 현재 남편을 죽였기 때문에 두 번째 남편에 대한 열을 행하기 위해 그를 따라 스스로 목숨을 끊었습니다. 이는 두 번째 '열'을 행한 것이라 할 수 있습니다. 그래서 두 남편에 대한 열을 행한 여인의 이야기라 하여 이것을 '이부열녀(二夫烈女)' 이야기라고 부릅니다. 한편으로는 여인이 첫 남편에게는 열을 행했지만, 두 번째 남편은 죽였으므로 두 번째 남편에게는 제대로 열을 행한 것이 아니라 하여 '열불열녀(烈不烈女)' 이야기라고도 합니다.

이를 보면 '열'이라는 것은 단지 겉으로 드러난 행동만으로 판단할 수 있는 간단한 관념이 아닙니다. 그리고 누구나가 쉽게 이루어낼 수 있는 것도 아니었습니다. '열'이라는 것은 인간의 본성으로는 쉽사리 행하기 힘든 어려운 결단이었기에 열녀를 그토록 칭송했나 봅니다.

3. 효자와 열녀 전설이 많은 이유

우리 옛이야기에서는 효자(효부)와 열녀에 대한 이야기가 많이 전해집니다. 자신을 낳아서 세상에 있게 해준 부모를 섬기는 일이라든지, 하늘이 정해준 인연을 섬기는 일은 인간으로서 마땅히 해야 할 도리였습니다.

그럼에도 효행 설화와 열행 설화는 일반적 정서로 받아들이기에는 기괴한 면이 많습니다. 부모를 위해 자식을 죽인다든지, 남편을 위해 스스로 목숨을 버리는 일이 이야기 속에서는 아주 자연스럽게 일어납니다. 왜 그런 것일까요?

그것은 아마도 효와 열이 인간이라면 마땅히 해야 할 도리라고는 했지만, 이것을 지키기가 그렇게 쉽지 않았기 때문입니다. 부모의 병을 고치기 위해 나의 가장 소중한 것을 기꺼이 내놓을 수 있을까요? 남편을 위해 나의 가장 소중한 것을, 또는 나 자신을 아낌없이 바칠 수 있을까요? 그러기란 무척이나 어려울 것입니다. 왜냐하면 보통의 인간이라면 효와 열이 아무리 중요하다고 해도 나 자신에게 소중한 것을 희생하면서까지 그것을 행할 수는 없을 것이기 때문입니다. 즉, 부모를 위해 내 자식을 죽이고, 남편을 위해 스스로 목숨을 끊는 행위는 인간의 본성에 반하는 힘든 일이었다는 의미입니다.

전통 사회에서 효와 열은 중요한 유교적 윤리 가운데 하나였습니다. 사람들이 인위적으로 만들어놓은 일종의 규범이었던 셈이지요. 사람들이 일상에서 효와 열을 소홀히 하기 쉬우므로, 이러한 규범을 잘 지키게 하기 위해 이야기를 극단적으로 그려내어 사람들에게 강렬한 인상을 심어주고 공포심마저 불러일으키게 했던 것이 아닌가 싶습니다.

옛날에도 물론 법이 있기는 했지만, 오늘날처럼 성문법이 강조된 사회가 아니었습니다. 민간 사회에서는 오히려 옛이야기가 사회 질서를 바로잡는 역할을 했습니다. 이러한 옛이야기의 기능 때문에 효와 열과 같은 규범을 다루는 이야기들이 이토록 강렬해지고 기괴해진 것인지도 모릅니다.

Q. 진정한 열녀라고 하면 반드시 정혼한 사람을 위해서 정절을 지켜야만 하는 것일까요?

A. 정절을 지키는 것은 열녀인지 아닌지를 구분하는 중요한 잣대입니다. 과거에는 지나가는 외간 남자에게 손목만 붙잡혀도 순결을 잃었다 하여 자결하는 경우도 있었다고 합니다. 그리고 이런 여인들을 정절을 지켰다고 하여 열녀라고 칭송하곤 했습니다. 그런데 수많은 옛이야기 중 열녀 전설에 속하는 이야기를 보면, 외간 남자와 하룻밤을 기꺼이 보내는 여인이 있습니다. 여인이 기꺼이 정절을 버렸던 것은 위기에 처한 남편을 구하기 위해서였습니다. 이를 통해 볼 때 정절은 열녀의 절대적 기준이 아니라, 여러 기준 가운데 하나로 볼 수 있습니다.

우리나라 속담 가운데 '하룻밤을 자도 만리성을 쌓는다'라는 것이 있습니다. 이것은 '만난 지 얼마 되지 않았어도 깊은 인연을 맺을 수 있다'는 의미로 널리 쓰입니다. 하지만 이 속담이 생겨난 것은 그런 의미에서가 아니라고 합니다. 이 속담이 생겨난 연유는 한 열녀에서 비롯되었다고 합니다.

〈'하룻밤을 자도 만리성을 쌓는다'의 유래〉

옛날에 어느 여인의 남편이 만리성을 쌓는 데 끌려가서 돌아오지 못하였습니다. 그래서 여인은 생과부처럼 홀로 지내고 있었습니다. 하루는 떠돌아다니던 소금장수가 소금을 팔기 위해 방문하였는데, 여인은 소금장수를 보더니 앞으로 자기와 같이 살면 어떻겠느냐고 물었습니다. 소금장수는 이게 웬일인가 싶어 당장 좋다고 승낙하였습니다. 소금장수는 그날 하룻밤 여인과 동침하였습니다. 다음 날 여인은 남편이 지금 만리성을 쌓는 데 끌려갔는데, 자신에게 돌아오지 말라는 편지를 전해주고 오라고 하였습니다. 소금장수는 알았다고 하고는 만리성을 쌓는 곳까지 가서 여인의 남편에게 편지를 전하였습니다. 남편은 편지를 읽고는, 아내를 마지막으로 만나고 와야겠으니 그동안 옷을 좀 바꿔 입고 대신 성을 쌓고 있어 달라고 하였습니다. 소금장수는 알겠다고 하였고, 남편은 소금장수와 옷을 바꿔 입고는 그대로 집으로 돌아와 아내와 함께 잘 살았다고 합니다. 이때부터 '하룻밤을 자도 만리성을 쌓는다'는 말이 생겨나게 된 것입니다.

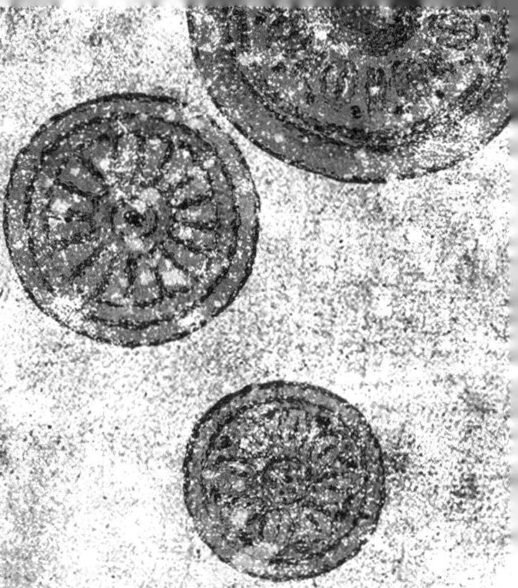

4부

민담의 세계

제9장

민담은 어떤 이야기일까?

1. 세상에서 가장 재미있는 이야기

오늘 학교에서 한 친구가 골탕을 먹은 재미있는 일이 있었다든가, 길을 가는데 보기 드문 흥미진진한 일이 펼쳐졌다든가, 혹은 누군가가 아주 웃기는 유머를 들려주었다든가 하면 우리는 대개 웃으며 즐거워합니다. 그리고 웃고 마는 것으로 그치기보다는 그 이야기를 잘 기억했다가 친구나 가족 등 다른 사람에게 들려주고 싶어 합니다. 그런가 하면 인터넷에서 본 재미난 이야기를 다른 인터넷 공간에 퍼 나르기도 하면서 자신이 알게 된 이야기를 전하고 싶어 합니다. 사람들은 왜 자기가 겪거나 듣거나 본 이야기를 전하려고 할까요? 아마도 재미나고 흥미롭기 때문에 혼자만 알고 있기에는 아깝다고 생각하여 다른 사람에게 전하고 싶은 것이겠지요. 바로 이것이 지금까지 민담이 전해지는 이유이기도 합니다.

옛이야기 중에서 가장 재미있고 흥미로운 것이 민담입니다. 그래서 사람들이 가장 즐기는 대중적인 이야기이기도 합니다. 특히 사람들에게 웃음을 주는 이야기들이 많지요. 〈봉이 김선달〉처럼 사람들을 속여서 대동강 물을 팔아먹는 이야기나 〈바보 원님〉처럼 고을의 수령인데도 아전에게 맥없이 당하는 어리숙한 원님 이야기나 〈바보 사위〉처럼 처갓집에 가서 자꾸 실수를 저지르는 바보스럽지만 친근한 인물 이야기 등 민담에는 우리가 잘 알고 재미나게 즐겨 듣는 이야기가 많습니다. 또한 방귀 한 방으로 집도 날려버리는 〈방귀쟁이 며느리〉 이야기나 성(性)에 관해 은근하고 재미있게 풀어놓는 야한 이야기들도 있지요. 이처럼 민담은 다양한 소재와 풍부한 양으로 옛이야기에서 상당한 부분을 차지합니다.

앞에서 살펴본 것처럼 신화는 신성한 이야기입니다. 자신이 속한 집단의 신성한 기원을 이야기해주는 것으로, 예로부터 그것을 전하는 것은 일종의 의무이자 어찌 보면 당연한 일일 수도 있습니다. 전설은 증거물이 있는 이야기이지요. 바위나 산, 절 같은 증거물은 사람이 사는 곳에 존재하는 것이라 늘 보고 접하는 대상이기 때문에 자연스럽게 그것과 관련된 이야기인 전설이 전해지기 마련입니다. 하지만 민담은 신화에서 느껴지는 신성성도, 전설 속에 등장하는 증거물도 없습니다. 그렇기에 무엇보다 이야기의 재미가 중요합니다. 재미가 있어야 잘 전해질 수 있기 때문이지요. 따라서 이야기의 맛, 즉 '오락성'이 민담이 전해지는 가장 중요한 조건인 셈입니다. 사실 여부와 상관없이 상상력을 마음껏 펼치며 흥미진진하게 이야기를 전개해나가는 것이 민담의 특징이라 할 수 있습니다.

민담은 주로 겨울철 농한기나 저녁 시간, 혹은 쉴 때, 가족이 모이는 안방이나 손님들이 모이는 사랑방 등에서 구연되었습니다. 물론 사람들이 모이는 곳이라면 어디에서든 시시때때로 구연되기도 했습니다. 이야기를 아는 사람이라면 누구나 한마디씩 할 수 있었지만, 대개 이야기를 잘하는 사람이 구연자로 나섰습니다. 어떤 이야기보다 맛깔나게 구연해야 하는 것이 민담이기 때문입니다. 그래서 전문적인 이야기꾼이 생겨나 이야기를 구연하기도 했습니다. 이를 종합해볼 때 민담은 한가한 시간에 심심하지 않고 즐겁게 시간을 보내기 위해 이야기되었다고 할 수 있겠지요. 그러니 구연되는 이야기는 당연히 재미가 있어야 했습니다.

그러면 민담이 얼마나 재미난 이야기인지 한번 살펴볼까요? 강물도 팔아먹는 꾀쟁이 김선달의 이야기는 어떨까요? 〈봉이 김선달〉은 남을 잘 속이고 골탕 먹이는 사람에 관한 이야기입니다. 그중 가장 잘 알려진 이야기 한 편을 소개해보겠습니다.

옛날 평양에 봉이 김선달이란 사람이 대동강에 나가서 물을 길으려고 오는 사람들에게 돈을 한 푼씩 나눠주면서 다음 날 자기가 달라고 하면 그 돈을 돌려달라고 하였습니다. 다음 날 김선달은 대동강에 나가서 물을 길으러 나온 사람들에게 "물 값을 주시오." 하면서 미리 뿌려놓은 돈을 걷었습니다. 그때 어떤 사람이 지나가다가 그걸 보고 사람들이 왜 돈을 주는지 김선달에게 물었습니다. 김선달은 "이 대동강이 내 것이라 물 길으러 오는 사람들이 물 값으로 돈을 내는 것이오."라고 대답하였습니다. 이 말에 욕심이 생긴 행인은 김선달에게 대동강을 자신한테 팔라고 졸랐습니다. 김선달이 딱 잘라 거절하며 "이것으로 먹고살아가는데 이걸 팔면 어떻게 먹고살란 말이오!" 하자 행인은 값을 많이 쳐줄 테니 팔라고 성화를 부렸습니다. 김선달은 못 이기는 척하면서 돈을 많이 받고 이 사람에게 대동강을 팔았습니다. 다음 날 아침 이 사람이 대동강에 나가 물을 긷는 사람에게 당당히 물 값을 달라고 하였지요. 그러자 물을 길으러 온 사람이 "우리 큰아버지 적부터 돈 안 내고 길어다 먹는 물인데 무슨 물 값이란 말이오?" 하자 그러면 김선달에게는 어째서 물 값을 냈는지 물었습니다. 자초지종을 알게 된 이 사람은 김선달에게 속은 것이 분하였지만 이미 어쩔 수 없는 노릇이었습니다. –〈봉이 김선달〉

주인공 김선달은 남을 잘 속여 먹는 유명한 인물로, 그가 꾸미는 일은 매우 황당하기는 해도 꼭 속아 넘어가는 사람이 있기 마련입니다. 당연히 강이나 바다 같은 자연은 주인이 없지요. 그런데도 김선달은 대동강이 마치 자신의 것인 양 굴어 행인을 속여서 큰돈을 법니다. 남을 속이는 김선달의 이야기는 이것뿐만이 아닙니다. 쉬어버린 팥죽을 식초를 친 팥죽이라며 팔아먹고, 모르는 사람에게 공짜로 국수를 얻어먹는 등 김선달이 사람들을 속이고 놀려 먹는 옛이야기는 마치 시리즈처럼 다양하게 전해집니다. 모두 민담에 속하는 이야기이지요. 그럼 이번엔 김선달처럼 잘 속이는 게 아니라 잘 속는 사람에 대한 이야기를 살펴볼까요?

서울에서 파견된 고을 원님이 마침 그믐 때 부임지로 왔습니다. 그믐이기에 달이 없었습니다. 원님이 어째서 이 고을에는 달이 없느냐고 묻자 이방은 지난해 흉년이 들어 이웃 마을에 달을 팔고 곡식을 사 왔다고 대답하였습니다. 원님은 마을에 달이 없어서야 되겠느냐며 천 냥을 주면서 다시 사 오라고 하였습니다. 이방은 초승달이 뜰 때까지 기다렸다가 원님에게 가서, 달을 사 왔다고 하며 하늘을 가리켰습니다. 원님은 초승달을 보

며 달이 왜 저렇게 작으냐고 물었습니다. 이방이 돈이 모자라 작은 달을 사 올 수밖에 없었다고 하자 원님은 다시 오천 냥을 내주었습니다. 이방은 보름이 될 때까지 또 기다렸다가 보름달이 뜨자 원님에게 가 달을 사 왔다고 하였습니다. 환하게 떠 있는 보름달을 보면서 원님은 "저런 달은 오천 냥도 싸구나!" 하며 감탄하였습니다. -〈바보 원님〉

이 이야기에서 원님이라는 사람은 무식한 데다 세상 물정도 모르고 어리석기가 이루 말할 수가 없습니다. 읽다 보면 저절로 웃음이 날 지경입니다. 그믐은 음력으로 그달의 마지막 날을 말하는데, 이날은 눈으로 달을 볼 수 없습니다. 이때는 달이 지구와 태양 사이에 있게 되어 태양이 달의 뒷면만 비추기 때문에 달을 볼 수 없는 것이지요. 그런데 그것도 모르고 원님은 달이 없어졌다며 걱정을 합니다. 그리고 고을 살림이 어려워 팔았다는 말을 곧이곧대로 믿고는 다시 사 오라고 이방에게 돈을 주어 보냅니다.

이와 같은 바보 이야기는 동서고금을 통해 보편적인 이야기입니다. 바보 원님, 바보 사위, 바보 며느리, 바보 형제 등 민담에는 바보 이야기가 셀 수 없이 많습니다. 바보 이야기는 특히 사람들이 좋아하는 민담 중 가장 대표적인 이야기라고 볼 수 있습니다.

〈봉이 김선달〉과 〈바보 원님〉의 이야기를 살펴보니 민담이 전해지는 가장 중요한 조건이 '재미' 혹은 '흥미', 다시 말하면 '오락성'인 것을 알겠지요? 옛이야기 중에서 어떠한 조건이나 제약도 없는 민담은 이야기가 재미있고 흥미가 있어야 사람들이 듣고 전한다는 것을 말이지요.

2. 허구적인 이야기

입에서 입으로 전해지는 재미있는 이야기라는 것 외에 민담의 또 다른 특징은 꾸며낸 이야기, 즉 허구적인 이야기라는 것입니다. 옛이야기는 모두 허구적인 것이 아니냐고요? 물론 그렇기는 하지만 신화와 전설의 허구성과 민담의 허구성은 다소 차이가 있습니다.

신화와 전설 역시 상상력에 의해 꾸며진 이야기, 즉 허구적인 이야기로 볼 수 있지만, 그것을 향유하는 집단에서 신화는 '신성성'의 차원에서 다루어지고, 전설은 증거물에 의해 '사실' 차원으로 말해집니다. 특히 전설을 이야기할 때면 사실인지 아닌지를 놓고 논란이 벌어지기도 합니다. 그렇다면 민담은 어떨까요? 민담은 신성성이나 사실 여부에 구애받지 않고 상상력을 마음껏 펼치며 흥미진진하게 스토리를 엮어나가는 이야기입니다. 민담이야말로 옛이야기 중에서 허구성을 가장 잘 보여주는 이야기이지요.

허구는 '사실에 없는 일을 사실처럼 꾸며 만든다'는 의미입니다. 그러므로 허구적인 옛이야기는 현실에는 없는 일이지만 마치 있을 법한 일을 꾸며 만든 이야기란 뜻이겠고, 이런 허구성을 가장 많이 지니고 있는 이야기가 바로 민담입니다.

우리는 보통 꾸며낸 이야기를 '거짓말'이라고 부릅니다. 거짓말의 사전적 정의도 '사실이 아닌 것을 사실인 것처럼 꾸며대어 말을 함. 또는 그런 말'로 되어 있습니다. 앞에서 이야기한 '허구'의 뜻과 매우 흡사합니다. 그렇다면 허구적 이야기인 옛이야기, 그중에서 특히 민담은 모두 거짓말과 동일하게 취급되어도 되는 것일까요? 다음 이야기를 보고 더 생각해보지요.

물 없는 개천에 물고기 한 마리가 빠져서 "나 좀 건져주시오! 나 좀 건져주시오!" 하고 소리를 치니, 눈이 안 보이는 사람이 가서 보고는 "아이고, 이런. 큰일 났다. 물고기가 개울에 빠져 있다!" 하고 소리를 지르니까, 귀가 먹은 사람이 이 소리를 듣고 "얼른 누가 가서 좀 건져주시오!" 하고 말해서, 일어서지 못하는 사람이 뛰어가서 "내가 구해주겠소!" 하며 건지려고 할 적에, 상투 튼 중이 먼저 뛰어와 물고기를 건져 육지에 놓으니까, 물고기는 "좋다, 좋아. 이제는 살았네!" 하면서 이리 뛰고 저리 뛰고 하다가 우물에 첨벙 빠져서, 사람들이 놀라 물고기를 건지려고 우르르 달려가 우물 안을 들여다보니 새빨간 거짓말이 우글우글하고 있더랍니다. –〈거짓말〉

이 이야기는 현실적으로 일어날 수 없는 일에 관해서 말하고 있습니다. 이를테면 '물 없는' 개천에 물고기가 빠져서 건져달라고 소리를 친다든가, 눈이 안 보이는 사람이 그것을 '보고' 물고기가 빠져 있다고 소리친다든가, 귀가 먹은 사람이 그 소리를 '듣고' 누가 좀 건져주라고 말한다든가, 하나부터 열까지 현실적으로 불가능한 일들을 서술하고 있는데, 마지막이 가장 압권입니다. 물고기를 건지러 사람들이 우르르 달려가보니 우물 안에 '새빨간 거짓말이 우글우글하고 있더라' 하는 것은 누가 봐도 '내가 지금 거짓말을 하고 있으니 모두들 그리 알아라' 하고 대놓고 말하는 격입니다.

이렇듯 민담에서는 꾸며낸 이야기를 하고 있다고 대놓고 말하기도 합니다. 이 이야기를 보면 민담은 '사실에 없는 일을 사실처럼 꾸며 만든' 거짓말이기도 하지요. '새빨간 거짓말들이 우글거릴 만큼'의 거짓말 말입니다. 그렇다면 민담의 허구성이 거짓말과 얼마나 같은지, 혹시 다른 점은 있는지 알아볼까요?

여기 거짓말에 관한 재미난 옛이야기 한 편 더 소개합니다.

부잣집 영감이 과년한 딸을 시집보내려고 사윗감을 찾고 있었는데 조건이 '거짓말을 잘하는 사람'이었습니다. 부잣집 영감은 자기에게 와서 거짓말 세 마디를 할 수 있으면 딸과 백석지기 땅을 주겠다는 방을 붙였습니다. 많은 사람들이 찾아왔지만 거짓말 세 마디를 모두 통과한 총각은 단 한 사람도 없었습니다. 영감이 두 번째 이야기까지는 거짓말이라고 인정을 해주다가, 세 번째에는 별의별 이야기를 다 해도 항상 참말이라고만 하였기 때문이지요.

그러던 어느 날 총각 하나가 찾아와서 거짓말을 해보겠다고 하였습니다. 첫 번째는 은진미륵에 관한 거짓말이었습니다. "저희 마을에 은진미륵이 하나 있는데 은진미륵의 모자 위에 대추나무가 아주 크게 자랐습니다. 가을이 되니 대추가 풍성하게 열렸는데, 너무 높은 곳에 있어서 그것을 딸 방법이 마땅치 않았습니다. 궁리 끝에 긴 장대에 갈대를 묶어 은진미륵의 코를 간질거렸더니 은진미륵이 크게 재채기를 하지 뭡니까? 그 바람에 떨어진 대추를 모아 해마다 대추를 열 말 넘게 수확하는데, 혹시 믿지 않으실까 봐 몇 개를 가져왔습니다." 부잣집 영감은 이 말을 듣고 너무 어이가 없어 자기도 모르게 덜컥 "그런 거짓말이 어디 있느냐?"라고 해버렸습니다.

그러자 총각은 대추를 한 움큼 내밀면서 다음 거짓말을 이어갔지요. "저희 마을에서는 한겨울에 세차게 부는 찬 바람을 커다란 봉지 같은 데에 모아둡니다. 그러고는 몹시 더운 여름날, 그 봉지를 풀어 시원하게 지내지요." 부잣집 영감은 어이없이 웃으며 "그 거짓말 한번 재미있다."라고 하였습니다.

그러자 총각은 안주머니에서 무엇인가를 주섬주섬 꺼내 보였습니다. "이건 제가 저희 아버지께 받은 차용증서입니다. 오래전에 영감님께서 저희 아버지께 돈 만 냥을 꾸어가면서 써준 것이라고 하더군요. 이번에 가면 꼭 받아오라고 하셨습니다. 이제 돈을 갚으시지요?"

총각이 말을 마치자 부잣집 영감은 당황스러웠습니다. 참말이라고 하자니 거금을 갚아야 할 판이고, 거짓말이라고 하자니 딸을 내주어야 하였으니까요.

영감은 어쩔 수 없이 거짓말로 인정하고 그 총각과 딸을 결혼시키기로 하였습니다. 그리고 총각은 딸과 결혼하여 행복하게 잘 살았습니다.

-〈거짓말 세 마디〉

민담은 허구성을 가장 많이 띤 이야기라고 했습니다. 허구성은 거짓말과 일맥상통하는 뜻이기도 합니다. 그런데 이 옛이야기는 아예 거짓말을 잘하는 내용을 이야기로 만들었습니다. 그렇다면 이 이야기는 '거짓말에 대한 거짓말'인 셈인 건가요?

이야기를 잘 살펴보면 첫 번째, 두 번째 거짓말과 세 번째 거짓말은 성격이 좀 다릅니다. 첫 번째와 두 번째 거짓말은 허황되기 그지없습니다. 은진미륵의 코를 쑤셔 재채기를 나오게 한다니, 있을 수 없는 일이지요. 겨울에 부는 찬 바람을 봉지에 모아두었다는 것이며, 여름에 그 봉지를 풀어 시원하게 한다는 것 또한 현실적으로 불가능한 일입니다.

그렇다면 세 번째 거짓말은 어떤가요? 이것 역시 허황되고, 현실적으로 불가능한 것인가요? 세 번째 거짓말은 첫 번째, 두 번째 거짓말과는 차원이 조금 다릅니다. 허황되고 비현실적인 차원의 이야기가 아니기에 그렇습니다. 부자 영감이 참말이라고 하면 돈을 갚아야 하고, 거짓이라고 하면 딸을 내주어야 하는 상황에 막대한 영향을 끼치는 중요한 거짓말이기도 합니다.

우리가 어떤 말을 거짓말이라고 할 때에는 우선 '진실성'을 기준으로 판단합니다. 그 말이 현실적으로 가능한 일인지를 보고 생각하는 것이지요. 첫 번째와 두 번째 이야기는 실제로 일어날 수 없는 일입니다. 따라서 진실성이라는 기준으로 봤을 때 거짓말임이 틀림없습니다.

하지만 거짓말은 진실성이 있느냐 없느냐로만 판단하지는 않습니다. 상대방이 믿을 수 있는 이야기가 아니라고 판단해 '거짓말이군'이라고 인정을 해주어야 거짓말이 될 수 있는 것이기도 합니다. 즉, 어떤 말에 대해 '참'이라고 여기는지 '거짓'이라고 여기는지에 초점을 맞추어 참과 거짓을 판별하기도 한다는 것이지요. 내가 아무리 거짓말을 해도 상대가 참이라고 여긴다면 그것은 거짓말이 아닌 셈입니다. 즉, 그 말에 대한 듣는 이의 '신뢰성'이 거짓말의 또 하나의 기준이 되는 것이지요.

거짓말인지 아닌지를 판단하는 또 하나의 기준은 흔히 이야기하는 '거짓말의 결과'와 관련됩니다. 상대방이 한 거짓말로 인해 피해를 봤느냐 이익을 봤느냐 하는 차원에서 거짓말을 판별할 수 있다는 것입니다. 거짓말의 결과로 피해를 봤다면 그를 거짓말쟁이라고 비난할 수 있지만 이익을 봤다면 굳이 거짓말을 했다고 비난하지는 않습니다. '깜짝 파티'를 열어주기 위해 친구에게 거짓말을 했다고 해서 거짓말쟁이라고 비난하지 않는 것과 마찬가지입니다. 〈거짓말 세 마디〉에서 세 번째 거짓말을 이 기준으로 살펴볼 수 있습니다.

'거짓말의 결과'라는 기준에서 본다면 부자 영감은 총각의 거짓말로 피해를 볼 수 있기에 거짓말이라고 판단할 수 있을 것입니다. 하지만 거짓말이라고 말하면 자신이 내건 조건에 부합하므로 총각을 딸과 결혼시켜야 합니다. 물론 참말이라고 말하면 빌리지도 않은 돈을 갚아야 하고요. 이러지도 저러지도 못하는 상황이 되고 만 것이지요. 어쩌면 부자 영감이 잘생기거나, 돈이 많거나, 착한 사람이 아니라 '거짓말을 잘하는 사람'을 사윗감으로 구한 것은 이러한 거짓말의 원리를 잘 알고, 자신을 잘 속여 넘길 만큼 똑똑한 사위를 찾으려 한 깊은 뜻이 있었는지도 모르겠습니다.

이렇듯 거짓말에는 여러 종류가 있습니다. 신화와 전설 역시 허구적이라고 했지만 신화가 동일한 집단에서 전해지며 실제 있었던 일이라고 '믿는' 신뢰성 차원의 이야기라면, 전설은 '실제로' 증거가 존재하는 진실성 차원의 이야기이기에 모두 거짓말이라고 하기는 어렵습니다. 즉, 신화와 전설은 '거짓말 이야기'가 아닌 것이지요. 그에 비해 민담은 〈거짓말 세 마디〉처럼 신뢰성, 진실성, 이해(利害)의 여부에 따른 각기 다른 성격의 거짓말이 한데 뒤섞여 있는 허구적 이야기입니다. 그래서 민담의 큰 특징을 허구성으로 볼 수 있는 것입니다.

그렇다고 민담의 허구성을 '사실이 아닌 것을 사실인 것처럼 꾸며대는' 거짓말과 같은 것이라고 보기에는 무리가 있습니다. 다양한 종류의 거짓말이 복합적으로 뒤섞인 이야기를 '현실에 없는 일' 정도로 간단히 설명하는 것도 부족합니다.

대신 여러 종류의 거짓말이 적절하게 섞여, 삶과 관련된 다양한 이야기를 창조적으로 생산해낸다는 뜻으로 이해하는 것은 어떨까요? 이것이 민담의 허구성에 좀 더 근접한 해석이 아닐까요?

Q. 옛이야기에 시리즈로 등장하는 김선달은 어떤 사람인가요?

A. 봉이 김선달은 평양 출신의 전형적인 사기꾼입니다. 봉이 김선달이 어느 때 인물인지는 정확히 알 수 없으나 대략 19세기로 추측된다고 합니다. 1906년부터 〈황성신문〉에 연재된 한문 소설 『신단공안(神斷公案)』[8]을 보면, 네 번째 이야기에 봉이 김선달을 소설화한 이야기가 실려 있습니다. 이것을 볼 때 봉이 김선달은 20세기 초에 이미 사람들에게 많이 알려진 인물임을 짐작할 수 있습니다.

김선달은 사회 규칙을 무시하고 제멋대로 행동하면서 속임수를 잘 쓰는 '꾀쟁이 사기꾼'입니다. 도덕과 관습을 무시하고 사람들을 속이고 놀려대는 인물이지요. 설화에서는 이러한 인물 유형을 '트릭스터(trickster)'라고 합니다. 옛이야기에는 이러한 트릭스터들이 많이 등장합니다. 김선달은 트릭스터의 대표적인 인물이라고 볼 수 있지요. 특히 김선달은 문제를 해결하거나 남을 속이기 위해 치밀하게 준비하고 계획을 세우는 등 지적이고 세심한 면모를 지녀 여느 트릭스터와는 다른 매력을 보입니다.

김선달이 '봉이'라는 호를 얻게 된 데에는 재미난 이야기가 전해져 오고 있습니다.

어느 날 김선달이 평안감사 생일잔치를 한다는 얘기를 듣고 돈을 벌어 볼 요량으로 닭 파는 가게를 갔습니다. 마침 닭장 안에 유달리 크고 잘생긴 장닭이 한 마리 있기에 김선달이 "그 봉(鳳) 참 좋다!"라고 하였습니다. 주인은 처음엔 아니라고 하였지만, 김선달이 짐짓 모자라는 척하며 계속 봉이 아니냐고 묻자 마침내 주인은 봉이라고 대답하였습니다. 봉이 얼마냐고 묻자 쉰 냥을 받는다고 답하니 김선달은 그 값을 주고 닭을 삽니다. 그리고 그것을 감사에게 가지고 가 봉이라고 선물로 바칩니다. 닭을 봉이라고 하며 바친 것을 보고 화가 난 감사는 김선달을 추궁하고, 김선달은 닭장수에게 속은 것이라고 하였지요. 감사는 당장 닭장수를 대령시키라고 호령하였고, 김선달은 쉰 냥을 주고 산 것을 백 냥을 주고 샀다고 액수를 부풀려 말해 닭장수에게 그만큼의 돈을 받아냅니다. 그 뒤부터 닭을 봉이라 속여 이득을 보았다 하여 봉이 김선달이라고 불리게 되었습니다.

김선달 외에도 각 지역마다 꾀쟁이 사기꾼의 면모를 지닌 인물들의 이야기가 전해집니다. 경북 경주 출신의 건달 정만서, 영덕 출신의 하인 방학중 등이 특히 유명한데 모두 남을 잘 속이는 인물입니다.

정만서는 앞뒤 재지 않고 행동하는 인물입니다. 주도면밀한 김선달과 대조되는 인물이지요. 특히나 말재주가 뛰어나고 비슷한 음을 이용한 언어유희를 사용하는 것이 특징입니다. 예를 들자면 기생에게 '거문고'를 사다 주겠다고 약속하고 돈을 받은 다음 방앗공이를 시커멓게 칠해서 '검은 거'라면서 주었다는 이야기가 있습니다.

방학중은 상전을 속이는 하인의 대표적인 인물로, 옛이야기에 등장하는 트릭스터 중에서 사회적 지위가 가장 미천한 인물입니다. 상전을 속이고 골탕 먹이는 일은 물론이고, 심지어 죽이기까지 합니다. 이는 상전이라는 기득권층을 공격해 기존 질서를 뒤흔드는 트릭스터의 특징을 잘 나타냅니다.

그럼 봉이 김선달과 관련된 이야기를 한 편 더 볼까요?

〈쉰 팥죽 비싸게 팔기〉

팥죽 장사 아주머니가 팥죽이 쉬어서 팔 수가 없게 되자 걱정하고 있는데, 봉이 김선달이 걱정 말라며 자기가 다 팔아주겠다고 하였습니다. 팥죽을 사 먹으려고 사람들이 오자 김선달이 와서는 식초를 듬뿍 친 팥죽을 달라고 하였습니다. 아주머니가 이유를 묻자 김선달은 팥죽은 식초를 쳐서 시큼하게 먹어야 제맛인데 촌사람들이 알려나 모르겠다고 너스레를 떨었습니다. 그러자 이 말을 들은 사람들이 자기는 촌사람이 아니라는 것을 증명하려고 너도나도 식초를 친 팥죽을 달라고 하였습니다. 그래서 오히려 돈을 더 받고 쉰 팥죽을 모두 팔았습니다.

제10장

민담을 가장 잘 이야기하는 사람은 누구일까?

1. 개인적인, 이야기꾼의 이야기

민담은 재미를 목적으로 전해지는 옛날이야기입니다. 신화나 전설보다는 사소하고 개인적인 차원의 이야기이지만, 그렇기에 상상력을 더 마음껏 펼칠 수 있고, 사실과 상관없이 독립적인 세계를 만들 수 있습니다.

'민족이나 국가의 이야기'인 신화나 '마을 집단이나 공동체의 이야기'인 전설과 달리, '개인적 이야기'의 특징을 지닐 수 있는 것도 민담입니다. 민담을 말하는 사람은 '자신이 아는' 다양한 이야기들 중에서 '자신이 좋아하는' 이야기를 골라 '자신만의 방식'으로 이야기합니다. 혹은 자신이 직접 겪은 일을 전하거나 꾸며낸 이야기를 하기도 합니다. 물론 자기 식의 표현을 많이 쓰겠지요. 우리가 똑같은 이야기를 똑같이 들었어도 그 이야기를 다른 사람에게 전할 때 구성과 표현, 내용이 조금씩 달라지는 것은 이 때문입니다.

신화나 전설은 구연자에 따라 내용이나 표현이 많이 다를 수가 없습니다. 그것은 집단의 이야기이기 때문입니다. 실제로 이야기가 벌어지는 이야기판에서 누군가 전설을 이야기할 때 내용이 달라지면 듣고 있는 사람들이 개입해 내용이 잘못되었다며 즉시 수정을 합니다. 진실성이 전승의 원동력인 전설은 집단의 이야기이자 증거물이 있는 이야기이기에 '들은 대로' 전승하는 것이 무엇보다 중요하기 때문입니다.

하지만 민담을 구연할 때는 상황이 조금 달라집니다. 민담은 신화나 전설 같은 제약이 없으며, 누구나 구연하고 즐길 수 있는 이야기입니다. 대신 이야기하는 사람의 스토리텔링 능력이 무엇보다 중요시된다는 특징이 있습니다. 비슷한 이야기라 하더라도 이야기하는 사람에 따라 재미가 크게 달라지기 때문입니다. 이야기하는 사람이 줄거리를 매끄럽게 엮어서 재미있고 흥미진진하게 표현해 맛을 살리면, 듣는 이들은 그 이야기에 더욱 집중해 감상합니다. 이야기하는 사람이 재미있게 표현할수록 듣는 사람의 공감과 흥미가 커지는 것은 당연한 일이지요.

이렇게 사람들의 귀를 사로잡는 유능한 화자를 '이야기꾼'이라고 부릅니다. 이야기꾼은 구연이 끝난 후에도 많은 사람들에게 이야기가 잘 전해지도록 하는 역할을 합니다. 이야기를 들은 모든 사람들이 그 이야기를 또 다른 사람에게 전할 수도 있는 잠재적 전승자이기 때문입니다. 기억에 잘 남는 이야기는 전승력도 강한 법이라서 이야기의 생명을 지속하는 데에는 이야기꾼의 존재가 꽤 중요합니다.

우리나라뿐 아니라 다른 나라에서도 이야기꾼은 문자가 발명되고 인쇄술이 발달하기 이전에 문학 양식의 창작자이며 전달자였습니다. 유럽 문학의 고전으로 일컬어지는 호메로스의 서사시 『일리아드』와 『오디세이』도 이야기꾼의 암송에서 유래되었다고 합니다. 또한 잘 알려진 책 중에도 이야기꾼의 존재가 극명하게 드러나는 작품이 있습니다. 바로 280여 편이나 되는 이야기가 수록되어 있는 『천일야화(千一夜話)』입니다. '아라비안 나이트'라고도 불리는 이 이야기의 줄거리는 대략 이러합니다.

페르시아 사산왕조의 샤리야르 왕이 왕비의 부정을 목격하고는 그 충격으로 세상의 모든 여성을 증오하게 됩니다. 왕은 3년 동안 매일 밤 처녀를 한 명씩 불러들여 신부로 맞이한 후, 다음 날 아침 동틀 무렵이면 신부를 죽여버립니다. 그 나라의 한 대신에게 셰헤라자드라는 어질고 착한 딸이 있었는데, 그녀는 이러한 불행을 막기 위해 일부러 왕과 결혼을 자청하고 매일 밤 왕에게 재미있는 이야기를 들려줍니다. 왕은 이야기를 계속 듣고 싶은 나머지 그녀를 죽이지 않았는데, 이야기는 1,000일하고도 하룻밤 동안이나 계속됩니다. 결국 왕은 셰헤라자드와 함께 행복한 여생을 보내게 된다는 이야기입니다. 이 과정에서 셰헤라자드가 1,001일 동안 왕에게 들려준 이야기 모음집이 『천일야화』입니다.

이 셰헤라자드가 바로 유능한 이야기꾼이지요. 이야기를 얼마나 재미나게 했으면 왕은 1,001일 동안이나 셰헤라자드를 살려주면서 이야기를 들었던 것일까요? 아마도 다음 이야기가 궁금해서 도저히 셰헤라

자드를 죽일 수 없었던 모양입니다. 무시무시한 증오심도 버릴 만큼 말이지요. 이처럼 재능 있는 이야기꾼이 하는 이야기는 사람의 목숨도 구하고 상대의 마음까지도 바꾸어버린다는 걸 보여줍니다. 사실 셰헤라자드가 들려준 이야기는 그녀의 순수한 창작이라기보다는 6세기경 중동에서 전해지던 다양한 옛이야기들입니다. 잘 알려진 〈알라딘의 요술 램프〉, 〈신드바드의 모험〉, 〈알리바바와 40인의 도적〉 등이 대표적인 이야기이지요. 입에서 입으로 전해지던 것이 6세기경 사산왕조 때 『천일야화』로 만들어졌고, 15세기경에 완성된 것이라고 합니다. 때문에 작자는 한 사람도 알려져 있지 않습니다. 아마도 첫 창작자는 있었겠지만 수많은 이야기꾼의 입을 거치면서 우리가 알고 있는 지금의 『천일야화』가 되었겠지요.

우리나라에도 이야기 속 셰헤라자드와 같은 유능한 이야기꾼이 있었습니다. 또한 마을 범위를 넘어서는 뛰어난 '전문 이야기꾼'도 있었습니다. 이들은 입담을 바탕으로 사람들이 모이는 곳에서 이야기를 팔기도 했습니다. 전문적이며 직업적인 이야기꾼이었던 것이지요. 조선 후기에 등장하는 전기수(傳奇叟: 이야기책을 전문적으로 읽어주던 사람)와 비슷하다 할 수 있습니다. 다만 전기수가 이야기책을 잘 낭독해서 돈을 버는 사람들이었다면, 이야기꾼은 책을 낭독하는 것이 아니라 자신이 알고 있는 이야기를 가지고 구연했다는 점이 다르다고 하겠지요. 그러면 조선시대의 문헌을 통해 전해지는 유명한 이야기꾼을 한번 살펴볼까요?

> 이야기 주머니 김옹은 이야기를 아주 잘하여 듣는 사람들이 다 포복절도하지 않을 수 없었다. 김옹이 바야흐로 이야기의 실마리를 잡아 살을 붙이고 양념을 치며 착착 자유자재로 끌어가는 재간은 참으로 귀신이 돕는 듯하였다. 가위 익살의 제일인자라 할 것이다.[9]

> (김중진은) 익살과 이야기를 잘하여 인정물태를 묘사함에 당해서 곡진하고 섬세하기 이를 데 없었다.[10]

'이야기 주머니 김옹'이라고도 불리던 김중진은 조선 정조 때에 활동했던 실존 인물로 전문 이야기꾼입니다. '오물음'이라는 별칭으로도 유명한 그는 옛이야기를 잘 구연하기로 소문난 인물이었지요. 그와 관련된 일화를 여러 문헌에서 찾아볼 수 있는데, 고전소설 〈게우사〉[11]라는 작품에도 그는 당대 최고의 이야기꾼으로 등장합니다. 그가 하는 구연의 특징은 사람들을 웃기는 재미를 넘어서 세태와 인정을 섬세하게 표현하고, 주제를 풍자적으로 선명하게 그려냈다는 것입니다. 그런 점에서 매우 수준 높게 옛이야기를 구연한 이야기꾼이라고 볼 수 있지요.

과거에는 김중진처럼 이야기를 전문으로 하는 사람들이 많았습니다. 현대에도 서울의 탑골공원이나 대구의 달성공원 등에는 이야기로 돈을 벌었던 이야기꾼이 있었습니다. 그러나 지금은 그러한 전통이 사라진 상태입니다. 다만 공연과 방송매체 등을 통해 만담이나 재미난 이야기를 하는 코미디언이나 개그맨들에게서 전문 이야기꾼의 면모를 조금이나마 엿볼 수 있습니다.

2. 선악의 대립이 극명한 이야기

그렇다면 이야기꾼인 화자는 어떻게 이야기를 전하는 것일까요? 서사가 위주인 민담은 양이 무척 많고 길이가 깁니다. 노래처럼 가락이 있는 것도 아니라 외우기도 어렵습니다. 자신이 직접 지어내거나 경험한 이야기라면 외울 필요가 없으니 말하기도 수월할 것입니다. 그러나 민담은 순수하게 개인의 창작으로 이루어진 이야기는 아닙니다. 창작자가 누구인지 모르는 이야기가 대부분입니다. 처음에는 개인이 이야기를 만들면서 시작되었겠지만 이야기가 전해지면서 원작자는 잊힌 채 오래도록 사람들의 입에서 입으로 전해 내려오다가 문자로 기록되면서 지금까지 알려지고 있는 것이지요. 그 과정에서 화자가 이야기를 잊거나 새로이 더하는 부분이 생기면서 민담은 처음에 창작된 내용과 다른 점이 생겼고, 같은 이야기임에도 화자에 따라 다양한 각편이 생겨나게 되었습니다. 이는 민담이 '기록'이 아닌 사람의 '기억'에 의존하는 것이기 때문이라고 볼 수 있습니다.

그래서 민담은 기억하기 쉽도록 일정한 구조와 형식에 기대어 있는 경우가 많습니다. 물론 이것은 설화 전반에서 나타나는 것이지만 특히 민담에서 가장 선명히 드러납니다. 그러면 민담에 나타나는 구조와 형식을 한번 살펴볼까요?

먼저 '대립'이라는 것이 있습니다. 대립에는 선과 악의 대립이 가장 흔하며, 힘과 꾀의 대립, 미(美)와 추(醜)의 대립 등도 있습니다. 인물 간 선과 악의 대립이 극명하게 드러나는 이야기로는 〈흥부놀부〉, 〈콩쥐팥쥐〉가 대표적입니다. 〈콩쥐팥쥐〉는 '못생긴' 팥쥐와 '예쁜' 콩쥐로 나타나는 미와 추의 대립으로도 볼 수 있습니다. 힘과 꾀의 대립이 드러나는 이야기로는 〈호랑이와 토끼〉가 꽤 유명한데, 힘이 센 호랑이가 꾀가 많은 토끼에게 늘 당하는 이야기로 잘 알려져 있습니다.

〈콩쥐팥쥐〉를 예로 들어 좀 더 자세히 살펴볼까요? 계모와 팥쥐에게 구박을 받으며 살던 착한 콩쥐는 결국 원님과 혼인하여 잘 살게 되고, 욕심 많고 심술궂은 팥쥐는 콩쥐를 따라 했다가 오히려 화만 당하고 만다는 줄거리는 잘 알고 있을 것입니다. 이 이야기는 착한 사람과 나쁜 사람의 대립, 즉 선과 악의 대립을 콩쥐와 팥쥐(및 팥쥐 엄마)를 통해 여실히 보여주고 있습니다. 현실에서는 무조건 나쁘기만 하거나 완전히 착하기만 한 사람은 없습니다. 그러나 민담의 세계에서는 착한 면도 있고 나쁜 면도 있는 사람은 등장하지 않습니다. 이분법적 대립에 의해 선하거나 악하거나 둘 중 한 가지 성격만을 가진 인물이 있기 마련이지요. 그리고 마침내 늘 선이 이기는 것으로 결말을 맺습니다. 이렇듯 민담에서 나타나는 '대립'은 자세히 묘사하지 않고도 현실의 문제를 선명하게 반영하는 방식입니다. 게다가 선이 승리하고 악이 패배해야 한다는 신념을 나타내기 위한 수단이기에 단순히 형식적인 것만으로 볼 수는 없습니다.

다음으로 민담에서 '대립'만큼 자주 나타나는 것이 '반복'입니다. 반복은 민담에서 흔히 사용되는 것으로 이야기 속 대화에서도 번번이 나타나고, 이야기 내에서 문제를 해결하는 방법으로도 자주 사용됩니다. 이를테면 〈해와 달이 된 오누이〉에서는 "할멈 할멈, 떡 하나 주면 안 잡아먹지."라는 호랑이의 말이 계속 반복되지요.

또한 반복은 한 번도 두 번도 아닌 '세 번'이 흔한데, 이야기에서 세 가지 소원, 세 가지 시련, 세 가지 보물, 세 가지 문제, 삼형제 등으로 나타납니다. 물론 네 번, 다섯 번, 일곱 번, 아홉 번 등의 반복도 있지만 가장 많이 등장하는 것은 세 번입니다. 그리고 세 번의 반복 중에서 가장 어렵고, 가장 소중하고, 가장 강한 것이 마지막 세 번째 것입니다. 흔히 '3의 법칙'이라고 부르는 것이지요. 옛이야기 〈여우 누이〉에서도 세 번의 반복이 나타납니다.

〈여우 누이〉에는 세 명의 아들이 등장하는데, 밤마다 소가 없어지자 이를 감시하기 위해 이들은 차례로 보초를 섭니다. 첫째 아들이 보초를 서다가 누이가 소의 똥구멍에 손을 집어넣어 간을 빼먹는 모습을 보고 다음날 이것을 부모에게 말하자 쫓겨납니다. 둘째 아들 역시 밤에 외양간을 지켜보다가 누이가 여우라는 것을 알게 되어 부모에게 말하자 형처럼 집에서 쫓겨나고 맙니다. 셋째 아들 또한 동일한 상황의 반복입니다. 세 아들 모두 누이가 여우라는 것을 알게 되어 부모에게 말하지만 누이를 질투해 모함한다며 오히려 부모에게 쫓겨나는 상황이 반복되는 것이지요. 나중에 집으로 돌아오는 것은 단 한 명, 막내인 셋째 아들입니다. 셋째 아들은 집안의 가축은 물론이고 부모까지 잡아먹고 마을마저 폐허로 만든 여우를 물리칩니다. 이때에도 도사에게 얻어온 세 가지 약병을 던져서 해결합니다. 이처럼 반복은 민담에서 아주 흔한 형식이며, 그중에서도 '세 번의 반복'이 가장 대표적입니다.

반복은 강조를 위한 수단으로 사용됩니다. 민담은 사건 전개에 필수적인 것이 아니면 등장인물의 생김새, 나이, 성격, 장소 등에 대해 자세한 묘사나 서술을 하지 않습니다. 이야기 전개에 불필요하기 때문입니다. 대신 필수적인 것은 계속 반복해 표현함으로써 강조하지요.

이와 같은 대립과 반복의 형식이 민담, 더 나아가 옛이야기 전반에 자주 나타나는 것은 이야기를 잘 기억하고 구연하기 위해서입니다. 대립과 반복은 화자가 이야기를 기억하기 쉽게 하며, 청자 또한 이런 형식에 익숙하기에 민담을 들으며 자연스럽게 받아들이고 즐기는 것이지요. 만일 민담에 대립과 반복이 없었다면 지금처럼 옛이야기가 전해지는 것은 어려웠을 것입니다. 대립과 반복의 형식은 인물이나 상황을 창조할 때 흔히 사용됩니다. 등장하는 인물과 상황이 각기 개별적이고 특수했다면 화자는 그 모든 것을 세세히 기억하고 구연하기가 힘들었을 테고, 청자 역시 귀로만 듣는 것이라서 이야기를 이해하고 즐기며 머릿속에 담아두기 힘들었을 테니까 말이지요.

3. 반복되고 누적되는 이야기

지금까지 민담에 나타나는 대립과 반복을 살펴보았습니다. 앞에서 본 반복은 이야기의 한 상황이나 대화가 되풀이되는 것이었습니다. 그런데 여기서 살펴볼 반복은 이야기 자체가 반복으로만 이루어진 형식으로, 이를 통해 이야기의 구조가 뚜렷이 드러나는 것을 알 수 있습니다. 이러한 반복의 형식으로는 누적적 형식, 연쇄적 형식, 회귀적 형식이 있습니다. 어려운 용어 같지만 이야기를 통해 보면 어렵지 않습니다. 이 형식에 속한 이야기들에서는 주인공이 유사한 행동을 수차례에 걸쳐 반복하곤 합니다. 그러면 먼저 누적적 형식이 잘 나타나 있는 이야기부터 살펴볼까요?

한 과부에게 아들이 하나 있었습니다. 집에서 하는 일도 없이 빈둥빈둥 놀아 나무랐더니 새끼를 꼰다고 짚을 한 단 달라고 하였습니다. 그런데 밤새도록 꼬아놓은 게 서 발(두 팔을 양옆으로 벌렸을 때 한쪽 손끝에서 다른 쪽 손끝까지의 길이)밖에 되지 않아 화가 난 어머니는 아들을 쫓아냈습니다. 아들은 새끼 서 발을 가지고 가다가 밧줄이 끊어져 쩔쩔매고 있는 옹기장수를 만나 새끼 서 발과 동이 하나를 바꿨습니다. 아들은 동이를 들고 가다가 우물가에서 물동이를 깨뜨린 여자가 쌀 서 말을 줄 테니 동이를 달라고 해서 바꿔주었습니다. 아들은 쌀 서 말을 들고 가다가 죽은 말을 끌고 가는 사람을 만나 쌀 서 말과 죽은 말을 바꿨습니다. 아들은 죽은 말을 어느 주막의 마구간에 얌전히 매두었습니다. 주막 주인이 아침에 일어나보니 말들이 죽은 말을 건드려 넘어뜨려놓은 것을 보고 주인은 자기 말 때문에 손님의 말이 죽었다고 생각해 자신의 산 말을 내주었습니다. 아들은 말을 끌고 가다가 처녀 송장을 메고 가는 사람을 만나서 처녀 송장과 말을 바꿨습니다. 아들은 어느 동네 우물가에서 처녀 송장을 얹은 지게를 받쳐놓고 쉬고 있었습니다. 한 처녀가 우물가에 왔다가 지겟작대기를 쳐서 송장을 우물에 빠뜨리고 말았습니다. 건져놓으니 여자가 죽어 있어서 할 수 없이 작대기를 건드린 그 처녀가 아들을 따라가게 되었습니다. 아들은 처녀를 데리고 가다가 비단장수를 만났습니다. 비단장수는 처녀가 탐이 나서 서로 비단과 처녀를 걸고 수수께끼 내기를 하자고 하였습니다. 그래서 아들이 먼저 "새끼 서 발이 동이 하나가 되고, 동이 하나가 쌀 서 말이 되고, 쌀 서 말이 죽은 말 하나가 되고, 죽은 말 하나가 산 말 하나가 되고, 산 말 하나가 죽은 처녀 하나가 되고, 죽은 처녀 하나가 산 처녀가 되는 게 무엇인지 아십니까?"라고 물었습니다. 비단장수는 아무리 생각해도 알 수가 없어서 비단을 내줄 수밖에 없었습니다. 그리하여 아들은 비단과 처녀를 얻어서 집으로 돌아왔습니다. -〈새끼 서 발〉

이 이야기는 마지막 부분, 아들이 비단장수에게 낸 수수께끼에 이야기 전체의 틀이 나타나 있습니다. 새끼 → 동이 → 쌀 → 죽은 말 → 산 말 → 죽은 처녀 → 산 처녀로 이어지면서 행운이 누적되어 마지막에 주인공은 비단과 처녀를 얻게 됩니다. 이처럼 그 정도가 점점 강해지는 점층적 구조를 가지고 쌓여가는 이야기를 누적적 형식으로 봅니다. 누적적 형식에서는 이야기의 사슬에서 어느 것 하나만 빠져도 이야기가 이어지지 않습니다. 어떤 행동이 원인이 되어 다음 행동의 결과가 계속 생기는 경우로, 결과적으로는 큰 성취를 이루게 되는 것이 일반적이지요. 〈새끼 서 발〉이라는 옛이야기에선 이러한 누적적 형식이 잘 나와 있습니다.

다음으로 연쇄적 형식은 반복되는 사건들 사이에 서로 인과관계가 없는 경우입니다. 〈팥죽 할멈과 호랑이〉 이야기를 보면 연쇄적 형식이 어떤 형식인지 금방 알 수 있습니다.

산속에 사는 한 할머니가 팥을 거두고 있는데 호랑이가 와서 팥죽을 끓여달라고 합니다. 할머니가 울면서 팥죽을 쑤자 지게가 와서 이유를 묻더니, 팥죽 한 그릇을 주면 호랑이가 못 잡아먹게 해주겠다고 해 할머니는 팥죽을 주었습니다. 지게는 팥죽을 다 먹더니 문 앞에 가서 서 있었습니다. 할머니가 또 울고 있자 이번엔 쇠똥이 와서 이유를 묻더니, 팥죽 한 그릇을 주면 호랑이가 못 잡아먹게 해주겠다고 해 할머니는 팥죽을 주었습니다. 쇠똥은 팥죽을 다 먹더니 부뚜막 위에 올라가 앉아 있었습니다. 할머니가 또 울고 있자 이번엔 바늘이 와서 이유를 묻더니, 팥죽 한 그릇을 주면 호랑이가 못 잡아먹게 해주겠다고 해 할머니는 팥죽을 주었습니다. 바늘은 팥죽을 다 먹더니 물독에 가서 숨어 있었습니다. 할머니가 또 울고 있자 이번엔 맷돌이 와서 이유를 묻더니, 팥죽 한 그릇을 주면 호랑이가 못 잡아먹게 해주겠다고 해 할머니는 팥죽을 주었습니다. 맷돌은 팥죽을 다 먹더니 천장에 가서 매달려 있었습니다. 할머니가 또 울고 있자 이번엔 달걀이 와서 이유를 묻더니, 팥죽 한 그릇을 주면 호랑이가 못 잡아먹게 해주겠다고 해 할머니는 팥죽을 주었습니다. 달걀은 팥죽을 다 먹더니 아궁이 속에 들어가 있었습니다.

그러고 나니 호랑이가 나타나 방 안이 어두우니 불을 켠다고 불씨가 있는 아궁이로 가려고 부뚜막으로 내려갔습니다. 그 순간 부뚜막에 있던 쇠똥을 밟아 미끄러져 부엌 바닥으로 쿵 떨어졌습니다. 놀란 호랑이가 아궁이를 헤치며 불씨를 찾으니 그때 달걀이 툭 튀어나오는 바람에 재가 날려 호랑이 눈으로 들어갔습니다. 호랑이가 눈을 씻으려고 물독에 손을 넣었더니 바늘이 쿡 찔렀습니다. 깜짝 놀라 뒤로 물러서니 천장에 매달린 맷돌이 툭 떨어져 호랑이가 맞아 죽고 말았습니다. 그러자 문 앞에 있던 지게가 와서 호랑이를 짊어지고 나가 한강에 던져버렸습니다.

-〈팥죽 할멈과 호랑이〉

이 이야기는 반복되는 이야기가 하나라도 빠지면 이야기가 이어지지 않는 〈새끼 서 발〉과 달리 중간에 어떤 에피소드를 하나쯤 빼버려도 이야기가 진행되는 데 큰 문제가 없습니다. 다만 여러 각편에서 지게가 호랑이를 지는 부분은 동일하게 등장합니다. 이처럼 일정한 서사가 인과관계 없이 반복적으로 드러나는 이야기들을 연쇄적 형식으로 볼 수 있습니다.

마지막으로 회귀적 형식을 살펴보겠습니다. 이 형식은 이야기의 결론이 다시 이야기의 출발점으로 돌아오는 특이한 구조입니다. 〈두더지의 혼인〉이 좋은 예인데, 한번 살펴볼까요?

> 은진미륵 밑에 사는 두더지 내외가 예쁜 딸을 낳아서 세상에서 제일 높고 센 사위를 얻어야겠다고 마음먹었습니다. 하늘에 해가 제일 훌륭한 것 같아 찾아가서 사위가 되어달라고 하였더니, 해는 구름이 나오면 빛을 잃게 되니 구름이 자신보다 높다고 하였습니다. 구름을 찾아가 사위가 되어달라고 하였더니, 구름은 바람이 불면 흩어질 수밖에 없으니 바람이 자신보다 높다고 하였습니다. 바람을 찾아가 사위가 되어달라고 하였더니, 바람은 자기가 아무리 세상 모든 것을 날려 보내도 은진미륵만큼은 끄떡하지 않으니 은진미륵이 자신보다 높다고 하였습니다. 은진미륵을 찾아가 사위가 되어달라고 하였더니, 은진미륵은 자기 발밑에 사는 두더지가 땅을 파면 자기는 곧 넘어질 수밖에 없으니 두더지를 찾아가라고 하였습니다. 결국 두더지 내외는 자신들이 천하에서 제일 높은 존재라는 것을 깨닫고 두더지를 사위로 삼았습니다. -〈두더지의 혼인〉

두더지 내외가 세상에서 가장 훌륭한 사윗감을 구하러 여러 존재를 찾아다니다 결국 두더지를 사위로 삼게 된다는 이야기입니다. 한 바퀴를 돌아 제자리로 돌아오는 것이지요. 더 나은 능력과 조건을 찾는 것이 소용없다는 내용을 순환구조를 통해 보여줍니다. 이런 이야기 구조를 회귀적 형식이라고 합니다.

누적, 연쇄, 회귀, 이 세 가지 형식은 크게는 반복에 속하는 것으로 이야기의 내용뿐만 아니라 형식 그 자체가 큰 흥미를 줍니다. 또한 반복적 형식을 통해 화자가 민담을 잘 구연하고, 화자와 청자 모두 민담을 잘 기억하는 데 큰 도움을 주기도 하지요. 더 나아가 이러한 형식은 민담이 예술적으로 가치가 있다고 보는 데 영향을 미치는 요소이기도 합니다.

Q1. 왜 민담은 "옛날 옛적에"로 시작해서 "그래서 행복하게 잘 살았습니다."로 끝나나요?

A1. 민담에서는 이야기를 시작할 때 대개 "옛날 옛적에"라고 하거나 조금 더 멋을 부려서 "옛날 옛적 갓날 갓적 호랑이 담배 피우던 시절에"라고 하지요. 끝낼 때는 "이런 이야기란다."라고 하거나 "그래 가지고 그 사람이 죽었는데, 어제가 바로 그 제삿날이었단다."라곤 합니다. 이런 표현들은 화자들이 이야기를 할 때 흔히 버릇처럼 쓰는 표현입니다. 민담에서는 이런 식으로 표현하는 것을 '서두와 결말의 형식'이라고 합니다. 말 그대로 이야기를 시작할 때와 끝낼 때 사용하는 일정한 표현을 의미하는 것이지요. 서두와 결말의 형식은 '공식적 표현'에 속하는 것으로, 공식적 표현이란 틀이 잡힌 어떤 형식이나 방식을 말합니다. 옛이야기에 두루 나타나는 형식으로, 일정한 원리에 따라 둘 이상씩 짝을 이루며 반복되는 표현을 뜻합니다. 이런 표현들은 일상적 말과 구별되기에 옛이야기만의 세계를 만들어주고, 이야기가 과거의 일이라는 것을 명확히 하여 마무리합니다. 이것은 듣고 있는 이들이 이야기가 끝남과 동시에 이야기의 세계에서 현실의 세계로 되돌아오게 해주는 역할을 합니다. 또한 이야기가 허구라는 것을 나타냄과 동시에 오히려 현실적으로 그럴듯하게 보이려고 "어제가 제삿날이었다."라는 표현을 쓰곤 하는 것이지요.

한편 '관용적 표현'이라는 것도 있습니다. 이야기에서 드러나는 상투적인 표현들을 말합니다. 옛이야기에서는 "밤이 되니"라는 말 대신 "밤의 밤중쯤 되니까"라는 표현을 쓰기도 하고, "부자"라는 말 대신에

"천석꾼도 부럽지 않고 만석꾼도 부럽지 않고"라는 구절을 사용하기도 합니다. 이것이 바로 관용적 표현이지요. 요즘 말로 바꾸자면 "재벌 3세 부럽지 않은" 정도가 비슷한 의미의 관용적 표현이라고 할 수 있을까요? 이 같은 관용적 표현은 고정성이 있기는 하지만 화자에 따라 편차가 큰 부분이기도 합니다.

그렇다면 공식적 표현과 관용적 표현 등은 왜 생겨났을까요? 그 이유는 옛이야기가 기록이 아닌 기억에 의존하는 것이기 때문입니다. 이야기하는 사람과 듣는 사람이 쉽게 기억하고 이해할 수 있도록 하는 장치인 것이지요. 말로 하고 귀로 듣는 것이기에 새로운 정보로만 가득하다면 구연하는 화자와 이해하는 청자 모두가 힘들어질 수 있기 때문입니다.

기록문학에서는 똑같은 표현을 반복해서 쓰면 오히려 해가 되겠지만, 구비문학인 옛이야기에서는 이와 같은 공식적·관용적 표현들이 오히려 장점으로 작용하는 셈입니다.

Q2. 사람이 되고 싶어 하는 동물로 유독 여우가 등장하는 이유는 무엇일까요?

A2. 옛이야기에서 여우가 사람이 되는 조건은 다양하게 나타납니다. 사람의 간을 100개 먹으면 된다든가, 사람과 혼인해 100일을 들키지 않고 산다든가 하는 것이지요. 여우 구슬로 사람의 정기를 빼앗는 이야기도 있습니다.

이처럼 옛이야기에는 사람이 되고 싶어 하는 여우 이야기가 많습니다. 이야기를 만들어낸 사람들은 여우가 사람과 비슷한 면이 있기에 사람이 되고 싶어 한다고 본 게 아닐까요?

영악하고 간사한 행동을 하는 것을 볼 때 '여우 짓 한다'라는 말을 종종 합니다. 이 말처럼 여우는 보통 영리함을 넘어 영악하거나 간악하다고 특징지어집니다. 중국과 일본의 이야기에서는 여우가 대체로 지혜롭고 매혹적인 여성으로 등장하는데 우리나라에서는 오히려 부정적인 이미지가 더 강하게 나타납니다. 영악한 이미지 외에도 무덤가 주변에 살면서 무덤을 파헤치고 해골을 가지고 논다는 습성 때문에 여우가 사람으로 변신하는 이야기가 생겨났는지도 모르겠습니다.

그런데 옛이야기에서 '여우가 사람으로 변신하여 행복하게 잘 살았다'로 끝나는 이야기를 들어본 적이 있나요? 아마도 못 들어봤을 것입니다. 옛이야기에서 사람의 간 100개를 먹어야 사람이 될 수 있었던 여우 누이는 막내 오빠에게 죽임을 당하고, 사람과 결혼해 100일을 살면 사람이 될 수 있었던 여우 아내는 100일을 채우지 못해 슬퍼하며 남편 곁을 떠납니다. 입맞춤을 하며 입속에 넣은 구슬을 통해 남자의 정기를 빼앗던 여우는 구슬을 삼켜버린 남자 때문에 결국 정체가 탄로나 달아나지요. 이처럼 사람이 되고 싶은 여우들은 대개 실패하여 죽거나 여우로 되돌아가고 맙니다. 여우의 슬픈 운명이지요. 옛사람들은 여우의 특성과 습성을 관찰해 사람이 될 만하다고 여겨 여우의 변신 이야기를 만들어놓고는 실제로 사람이 되지는 못하는 결말로 처리해버렸습니다. 간악한 동물이 사람이 되는 것을 용납할 수 없었던 것일까요?

옛이야기에서 사람이 되고 싶었던 동물은 여우 말고도 또 있습니다. 사람이 되고자 경쟁했던 지네와 구렁이입니다. 과연 지네와 구렁이가 사람이 되는 데 성공했는지, 성공했다면 어느 쪽이 사람이 되었는지 다음 이야기를 살펴볼까요?

〈지네 미녀〉

한 남자가 먹고살기가 어려워 죽으려고 산에 갔다가 우연히 한 여인을 만났습니다. 여인은 그에게 죽지 말고 같이 살자고 설득하였지요. 결국 남자는 여인을 따라가 산속 여인의 집에서 융숭한 대접을 받으면서 잘 살았습니다. 그런데 시간이 흐를수록 남자는 가족이 걱정되어서 집에 다녀오고 싶은 마음이 굴뚝같았습니다. 여인은 처음에는 가지 못하게 만류하다가 남자가 고집을 꺾지 않자 마지못해 허락하면서, 오가는 도중에 다른 사람의 말을 듣지 말라고 신신당부하였습니다. 남자가 약속을 하고는 집으로 돌아갔더니 가족들은 여인이 보내준 돈으로 부유하게 잘 살고 있었습니다. 남자는 가족들이 잘 지내는 것을 보고 안심하고서 다시 여인에게 돌아오는데 누군가 자꾸 뒤에서 자신의 이름을 부르는 것이었습니다. 여인의 말이 생각나 무시하려 하였지만 자꾸만 이름을 불러 고개를 돌리니 돌아가신 아버지였습니다. 아버지는 여인의 정체가 천년 묵은 지네라면서 목숨을 구하려면 담뱃진을 입에 물고 있다가 여인의 얼굴에 뱉으라고 하였지요.

남자는 여인의 집에 도착해 조용히 뒷문으로 들어가 방 안을 엿보았습니다. 방 안에는 여인 대신 커다란 지네 한 마리가 있었습니다. 남자는 놀라서 아버지의 말이 맞았음을 깨닫고는 마음을 굳게 먹고 방 안으로 들어갔습니다. 어느새 지네는 여인으로 변신해 남자를 맞이하였습니다. 오는 길에 잎담배를 많이 피워 담뱃진을 잔뜩 입에 물고 있던 남자는 아버지의 말대로 여인의 얼굴을 향해 담뱃진을 뱉으려고 하였습니다. 그런데 그 순간 그동안 여인이 자신을 보살펴주고 가족들까지 몰래 돌봐준 일들이 떠올랐습니다. 결국 남자는 밖으로 나가 담뱃진을 내뱉고 말았지요. 그리고 어찌 된 일인지 여인에게 묻자, 여인은 "저는 사람이 아니라 천년 묵은 지네입니다. 그리고 당신이 오는 길에 만난 것은 돌아가신 아버지가 아니라 천년 묵은 구렁이입니다. 둘 중 하나가 죽고 살아남은 하나만이 사람이 될 수 있기에 구렁이는 당신을 시켜 저를 죽이려 한 것입니다. 당신이 그 담뱃진을 제게 뱉었더라면 저는 물론 당신과 당신 가족까지 죽을 뻔하였습니다. 그러나 당신은 저를 위해 담뱃진을 바깥에다 뱉었고, 마침 집 앞까지 와 있던 구렁이가 담뱃진에 죽었으니, 저는 이제 온전한 사람이 되었습니다." 하며 기뻐하였습니다. 남자는 사람이 된 지네 부인과 행복하게 잘 살았습니다.

제11장

민담에서 그려지는 현실은 어떤 모습일까?

1. 긍정적이고 낙관적인 이야기

옛사람들에게 세상에서 가장 무서운 것은 무엇이었을까요? 소복을 입고서 긴 머리를 풀어헤친 채 흐느끼고 있는 귀신이었을까요? 불빛이 귀했으니 칠흑같이 캄캄한 어둠이었을까요? 옛이야기를 통해 살펴보면 가장 무서운 것 중 하나는 '호랑이'였나 봅니다. 민담에는 호랑이에 관한 이야기가 수두룩합니다. 그만큼 사람들이 호랑이에게 관심이 많았다는 의미인 동시에 호랑이가 사람들의 생활에 큰 영향을 미친 존재라는 의미이기도 합니다. 지금은 동물원에서나 볼 수 있는 신세가 되었지만 옛날 산이 많은 우리나라에는 호랑이가 많이 서식하고 있었습니다. 특히 백두산 호랑이는 크기도 엄청나서 보통 몸통 길이가 180센티미터,

뒷발 길이만 해도 30센티미터로, 현재까지 발견된 것 가운데 가장 큰 것은 몸 전체 길이가 4미터 가까이 되는 것도 있다고 합니다. 크기부터 엄청나니 그 앞에 서면 가히 압도당하고도 남을 것 같습니다.

이런 호랑이가 마을에까지 내려와 피해를 끼쳤으니 사람들이 호랑이를 무서워한 것은 당연한 일이었겠지요. 실제로 기록을 보면 호랑이로 인한 피해는 흔히 상상할 수 있는 것보다 무척 심했습니다. '호환(虎患)'이라고 해서 호랑이에게 물려 죽는 사람이나 가축도 많았고, 호랑이가 마을은 물론 심지어 궁궐에까지 난입했다는 기록도 있습니다. 『삼국사기』에 따르면 659년 고구려에서는 아홉 마리의 호랑이가 한꺼번에 서울에 들어와 사람을 잡아먹었고, 885년 신라에서는 호랑이가 궁궐에까지 뛰어들었다고 합니다. 『조선왕조실록』에는 경상도에서 한 해 동안 호랑이한테 물려 죽은 사람이 수백 명이라고 기록되어 있습니다.

이처럼 사람들에게 공포의 대상이자 극복의 대상이기도 했을 호랑이는 민담에서 가장 많이 등장하는 소재입니다. 일군(一群)을 이룰 정도로 그 양이 많고, 내용 또한 다양합니다. 그런데 무섭고 공포스러운 현실의 모습과는 달리 민담에 등장하는 호랑이는 대개 어리석고 바보 같은 모습입니다. 어린 꼬마에게 당하고, 토끼의 꾀에 당하고, 곶감이 무서워 도망가는 호랑이는 확실히 현실에서 보는 호랑이의 모습과는 거리감이 있습니다. 다음 이야기를 한번 살펴볼까요?

어느 가을날, 호랑이가 배가 고파서 먹을 것을 찾아다니다가 문득 고기 냄새가 나는 데를 돌아보았더니 두루뭉술하게 생긴 조그만 게 먹음직

스러워 보였습니다. 호랑이는 그것을 덜컥 물었는데 침처럼 뾰족한 털이 입안을 찔러 온통 피가 났습니다. 호랑이는 고슴도치를 생전 처음 보았던 것입니다. 도로 탁 뱉어낸 호랑이는 냉큼 도망가 밤나무 밑에 앉아서 입에서 나오는 피를 핥아 먹고 있었습니다. 그때 뭔가 위에서 툭 떨어지면서 호랑이 콧잔등을 때렸는데, 아까 먹다가 혼이 난 것과 똑같은 모양의 밤송이였습니다. 호랑이는 놀라서 밤송이를 보고는 "아이고, 아까는 제가 잘못하였습니다, 정말 잘못하였습니다." 하며 자꾸 절을 하였다고 합니다.

-〈밤송이에 절하는 호랑이〉

이 이야기는 고슴도치를 잡아먹으려다가 가시에 찔려 혼쭐이 난 호랑이가 비슷하게 생긴 밤송이에게 절하는 모습을 그리고 있습니다. 동물의 제왕이라고 하기엔 한심해 보이기까지 하지요. 이처럼 현실의 무시무시한 모습과는 전혀 다르게 민담에서 호랑이의 어리석은 모습을 부각한 이유는 무엇일까요?

아마도 이야기로 현실을 극복해보려는 의도가 숨어 있었던 게 아닐까요? 호환으로 괴로운 현실을 이야기로나마 극복해보려는 마음이 작용해서 수많은 바보 호랑이 이야기를 만들어낸 것이 아닌가 싶습니다. 그런데 특이한 점은 옛이야기 속 호랑이 이야기에서는 뛰어난 포수나 힘이 센 장정이 호랑이를 잡는 것이 아니라 보잘것없는 고슴도치나 어린아이가 호랑이를 상대해 이겨내는 이야기가 많다는 것입니다.

그러면 어린아이가 어떻게 호랑이를 상대해내는지 한번 볼까요?

어느 고을에 어머니와 열두 살 된 아들이 살았습니다. 하루 종일 놀기만 하는 아들에게 어머니는 걱정 어린 잔소리를 하였지요. 그러던 어느 날, 아들은 깨를 짜서 참기름을 만들어 오더니 강아지 몸에다 참기름을 여러 차례 바르고 또 발랐습니다. 그러고는 긴 밧줄을 한쪽 끝은 강아지에다 매어놓고, 다른 한쪽 끝은 큰 나무에다 묶어놓았습니다.

강아지한테서 고소한 참기름 냄새가 나자 냄새를 맡은 호랑이가 산에서 내려왔습니다. 호랑이가 보니 강아지가 한 마리 있어 그것을 먹겠다고 꿀꺽 삼켰는데, 기름 바른 강아지가 너무 미끌미끌해서 삼키자마자 배 속을 그대로 통과하여 호랑이 똥구멍으로 쏙 하고 빠져나왔습니다. 또 다른 호랑이도 고소한 냄새를 맡고 왔다가 강아지를 보고 단번에 삼켰는데 역시나 미끄러워 똥구멍으로 쏙 빠져나왔습니다. 그렇게 한 호랑이가 강아지를 삼키자마자 그 강아지가 똥구멍으로 빠져나오면 다른 호랑이가 또 먹고, 먹자마자 똥구멍으로 미끄러져 나온 강아지를 또 다른 호랑이가 먹고 해서 무수히 많은 호랑이가 그 기다란 밧줄에 줄줄이 꿰어졌습니다.

아이는 이렇게 손쉽게 잡은 호랑이의 가죽을 팔아 큰 부자가 되었습니다.

–〈호랑이를 꿰어 잡다〉

기름 바른 강아지로 커다란 호랑이를 한 마리도 아니고 줄줄이 꿰어 잡은 이야기입니다. 그것도 매일 잔소리를 들으며 하루 종일 놀기만 하던 아이가 말이지요. 이와 비슷한 이야기가 또 있습니다.

옛날에 한 아이가 있었는데 하는 일이라곤 매일 방구석에 처박혀서 벼룩 사냥 하는 게 전부였습니다. 어머니가 아무리 야단을 쳐도 아이는 들은 척도 않고 머리카락으로 올가미를 만들어 뛰는 벼룩을 낚아채는 일에만 열중하였지요. 그렇게 해서 벼룩을 한 마리도 놓치지 않고 다 잡게 되자 아이는 호랑이 사냥을 하겠다며 굵은 밧줄을 가지고 깊은 산속으로 들어갔습니다. 날이 저물어서 어느 집에 가서 하룻밤 묵자고 청하니, 그 집 주인이 이곳은 호랑이가 많이 나오는 곳이라 재워줄 수가 없다고 거절하였지만 아이는 괜찮다며 재워달라고 졸랐습니다.

다음 날 아침, 아이는 밧줄로 올가미를 만들어 손에 쥐고는 마당으로 나갔습니다. 곧 큰 호랑이가 담을 뛰어 넘어와 마당 안에 서서는 사방을 둘러보았습니다. 그때 아이가 밧줄을 던져서 호랑이 목에 걸고는 잡아당기기 시작하였습니다. 호랑이는 화가 나서 달려들어 아이를 통째로 집어삼켰습니다. 산 채로 꿀꺽 삼켜진 아이는 캄캄한 호랑이 배 속을 살펴보다가 멀리 작은 빛이 보이는 것을 발견하였습니다. 아이는 빛이 새어드는 구멍으로 기어나갔는데 그곳이 바로 호랑이의 똥구멍이었습니다. 밖으로 나온 아이는 손에 쥐고 있던 밧줄을 큰 나무에다 잡아맸습니다. 이것을 본 호랑이는 더욱 화가 나서 이리 뛰고 저리 뛰다가 목에 걸린 밧줄 때문에 모가지는 입으로 들어가고, 결국에는 그 모가지가 똥구멍으로 나와서 몸 전체가 홀라당 뒤집히고 말았습니다. 아이는 이런 식으로 계속해서 호랑이를 잡아 팔아서 어머니와 함께 부자로 잘 살았습니다.

-〈호랑이를 뒤집어 잡다〉

이 이야기에서도 감탄이 나올 만큼 기발한 방법으로 호랑이를 잡습니다. 어쩌면 허풍이 너무 심하다고 볼지도 모르겠습니다. 하지만 현실적으로는 호랑이를 이겨낼 수 없으니 이야기 속에서라도 호랑이를 무찔러보고자 하는 건데, 그 방법이 현실과 비슷하게 총이나 칼을 사용하는 것이라면 너무 재미없지 않을까요?

이처럼 민담은 어렵고 힘든 현실을 있는 그대로 담아내기보다는 뛰어난 상상력을 통해 현실과 전혀 다른 세계를 보여줍니다. 호랑이를 손쉽게 꿰어 잡는 결과도 현실과 다르지만, 그 과정도 현실과는 확연히 다릅니다. 호랑이에게 꿀꺽 삼켜진 어린아이가 호랑이의 똥구멍으로 나와 호랑이를 뒤집어 잡는다는 그 기발함은 총과 칼로 잡는 현실적인 방법보다 훨씬 탄복할 만합니다. 과정과 결과가 모두 현실과는 동떨어진 이야기들이긴 하지만, 이 이야기들에서 우리는 옛사람들의 재기발랄한 상상력과 삶에 대한 긍정성을 엿볼 수 있습니다. 호환으로 두려운 현실 속에서 이렇듯 재미난 이야기를 만들고 향유했다는 것은 그들이 이야기를 통해 어려운 현실을 꿋꿋하게 살아갈 힘과 여유를 기른 것이라고도 볼 수 있습니다. 그렇다고 현실이 달라지지는 않았겠지만 이야기 속의 상황을 즐기면서 사람들은 현실을 감내해야 하는 서로를 응원하고 격려했던 것이 아닐까요? 결국 민담은 옛사람들의 삶에 대한 긍정성을 보여줌과 동시에 그것을 키워주는 수단이기도 했던 것이지요.

민담에서는 주인공이 호랑이를 잡으러 갔다가 결국은 잡아먹혀 죽고 말았다는 이야기는 잘 전해지지 않습니다. 민담의 특성상 그러한 내용이 이야기되기도 힘들었겠지만 현실이 괴롭고 힘들어도 이겨낼 수 있다는 낙관론이 밑바탕에 깔려 있기 때문입니다. 민담에서는 불가능한 일이 거의 없습니다. 꿈꾸었던 모든 일이 이루어집니다. 아무리 힘이 센 적과 싸워도 이기고, 어떠한 난관이 닥쳐도 극복해냅니다. 전설의 주인공이라면 예기치 않은 사태에 부딪혀 좌절하고 패배하는 것이 보통이지만, 민담의 주인공들은 끊임없는 시련이 찾아와도 좌절과 패배를 모릅니다. 민담은 어떠한 고난과 역경이 닥쳐도 싸워 극복할 수 있다는 낙관론을 펼칩니다.

앞에서 살펴본 호랑이 이야기만 보더라도 인간과 동물의 싸움에서 인간의 승리는 민담이 지닌 기본적인 세계관을 나타냅니다. 그 세계관은 인간의 능력과 삶에 대한 무한한 긍정과 낙관입니다. 아주 오랜 옛날부터 민담을 향유해온 사람들이 자연의 계속되는 위협 속에서 살아왔다는 사실을 상기한다면 더욱 그러합니다. 아름답고 평화로운 현실 속에서 솟아난 긍정과 낙관이 아니라 힘들고 살기 어려운 현실 속에서 만들어진 긍정과 낙관이기에 더욱 의미가 있습니다. 그렇기에 민담은 허무맹랑한 이야기로도 볼 수 있지만 결코 녹록지 않은 현실을 바탕으로 만들어진 꿈에 대한 이야기로 볼 수 있는 것입니다.

2. 현실을 뒤집는 이야기

민담의 세계는 현실의 모습과 반대인 경우가 많습니다. 앞에서 보았듯이 호랑이가 등장하는 이야기도 호환으로 두려운 현실과는 무척 다릅니다. 어른의 힘으로도 당해낼 수 없는 호랑이를 어린아이가 한 마리도 아니고 여러 마리를 잡는 이야기는 현실에선 불가능한 일이라고 볼 수 있겠지요. 하인과 상전이 나오는 옛이야기도 마찬가지입니다. 현실에서는 상전의 말을 그대로 따라야 하는 하인이지만, 민담에서는 하인에게 꼼짝없이 당하는 상전들이 무수히 등장합니다. 신분의 차이로 인해 강자와 약자로 나뉘어 대결하지만 결국 신분적 약자가 강자를 이기는 모습입니다. 그럼 이야기를 한번 살펴볼까요?

옛날에 어느 시골 양반 집에 뜨그리라는 종이 있었습니다. 하루는 이 집의 양반이 과거를 보러 서울로 가게 되어 뜨그리를 말몰이꾼으로 데리고 갔습니다. 한참을 가다 보니 뜨그리는 배가 고파서 양반에게 말하였습니다. "샌님, 밥을 오래 두면 똥 됩니다. 그러니 똥 되기 전에 먹고 가시지요." 그러자 양반은 "예끼 놈, 소중한 음식에다 대고 그런 더러운 소리를 하느냐! 좀 더 가서 먹자." 하면서 뜨그리의 말을 들어주지 않았지요. 한참을 가다가 뜨그리는 똥이 마렵다며 쉬어가자고 하고는, 말 꽁무니에 매달아놓은 도시락을 떼어 가지고 사라졌습니다. 양반은 뜨그리가 똥을 누러 간 줄로만 알고 말 위에 잠자코 앉아만 있었습니다. 뜨그리는 가져간 밥을 모두 먹고는 도시락에 똥을 담아서 돌아와 다시 말 꽁무니에 매달아놓았습니다.

얼마쯤 가다가 양반도 배가 고파 도시락을 가지고 오라고 해 열어보니 밥은 없고 똥만 잔뜩 들어 있었습니다. 이걸 보고 뜨그리가 말하였습니다. "그것 보십시오, 샌님. 제가 뭐랍니까. 밥이란 진작 드셔야지 그렇지 않으면 똥이 된다고 그러지 않았습니까?"

양반은 하는 수 없이 다시 길을 재촉해 갔습니다. 시장에 다다르자 배가 고팠던 양반은 뜨그리에게 팥죽이라도 사 오라고 하였습니다. 뜨그리는 팥죽을 사러 가서 팥죽집 주인보고 우리 댁 상전은 아주 뜨거운 팥죽을 좋아하니 팥죽을 아주 뜨겁게 해서 달라고 하였습니다. 그러고는 팥죽을 가지고 와 양반에게 주고는 방문 앞에 가 앉아 있었습니다.

양반이 팥죽을 먹으려고 하는데 너무 뜨거워서 "앗, 뜨거라!" 하고 큰 소리를 쳤습니다. 그러자 문 밖에 앉아 있던 뜨그리가 "예, 샌님." 하면서 방에 들어가서는 "이 팥죽을 제가 먹을까요?" 하며 팥죽을 다 먹어버렸습니다. 양반은 점잖은 처지에 뭐라 할 수도 없어 팥죽을 뜨그리한테 빼앗기고 말았습니다.

계속 아무것도 먹지 못한 양반은 이번엔 떡국을 사 오라고 하였습니다. 뜨그리가 떡국을 사 가지고 오는데 떡국 안에 들어 있는 고기를 건져 먹으면서 왔습니다. 양반이 이 광경을 보고 뭘 하느냐고 물으니까 뜨그리가 "가지고 오다가 잘못해서 제 콧물이 빠져 손가락으로 콧물을 건져내느라고 그럽니다." 하자 양반은 "어디 더러워서 먹겠느냐, 너나 먹어라." 하면서 결국 떡국을 뜨그리한테 내주고 말았습니다.

양반은 배를 곯으며 마침내 서울에 당도하였는데 하도 배가 고파 직접 무엇을 사 먹으려고 혼자 시장으로 가면서 뜨그리에게 당부하였습니다. "서울은 눈 감으면 코 베어가는 곳이니 말을 잘 지키고 있어라." 양반이 자리를 뜨자 뜨그리는 당장 말을 팔아먹고, 그 자리에서 얼굴을 가리고 앉아 있었습니다. 양반이 음식을 사 먹고 와보니 말은 간 곳이 없고 종은 얼굴을 가리고 앉아 있어 연유를 묻자, 그제야 뜨그리는 얼굴을 가리고 있던 손을 떼고는 말하였습니다. "어, 말이 어디 간 겁니까, 샌님? 전 말이 어디 갔는지 정말 모릅니다. 샌님께서 말씀하시기를, 서울은 눈 감으면 코 베어가는 곳이라고 해서 코 베어갈까 봐 손으로 얼굴을 가리고 있었더니 어떤 놈이 말을 가져갔나 봅니다."

화가 난 양반은 뜨그리를 이대로 데리고 가다가는 또 무슨 봉변을 당할지 몰라서 시골 자기 집으로 내려 보낼 작정을 하고는 편지를 써주었습니다. 그 편지에는 "뜨그리가 내려가면 당장 죽여라."라고 써 있었지요. 이를 모르는 뜨그리는 편지를 가지고 가는 길에 방아 찧는 여인한테 떡보리를 빼앗고, 꿀장수한테 꿀을 빼앗는 등 갖은 장난을 치며 갔습니다. 하루는 우연히 만난 스님에게 편지를 보여주며 읽어달라고 하고는, 스님에게 부탁해 편지의 내용을 "뜨그리를 우리 딸과 결혼시켜라."로 바꿔놓았습니다.

얼마 후 양반이 서울에서 돌아와보니 뜨그리가 죽기는커녕 자기 딸과 결혼해서 잘 살고 있는 것이었습니다. 양반은 부아가 나서 뜨그리를 흠씬 때린 후에 굶어 죽이려고 자루에 넣어 연못 위 나무에 매달아놓았습니다. 그렇게 며칠을 지내던 뜨그리는 마침 나무 밑을 지나가던 유기장수를 보고 말을 건넸습니다. 자신도 유기장수처럼 한 눈이 멀고 한 다리를 절고 한 팔이 곰배팔이였는데 자루에 며칠 들어와 있었더니 몸이 성해졌다며 자루 속에 한번 들어와보지 않겠느냐고 말이지요. 유기장수는 그 말에 속아 뜨그리를 풀어주고 대신 자루에 들어갔습니다. 며칠 뒤 양반이 와서 보니 뜨그리가 그사이에 한 눈이 멀고 한 다리를 절고 한 팔이 곰배팔이가 되어 거의 죽게 되었기에 자루의 줄을 끊으려고 하였습니다. 유기장수는 자신은 뜨그리가 아니라고 외쳤지만 양반은 다시는 속지 않겠다며 자루를 연못에 빠뜨려버렸습니다. 애먼 유기장수만 뜨그리 때문에 죽고 말았지요.

며칠 뒤 뜨그리는 비단옷을 잘 차려입고는 양반의 집으로 와서 연못 속 용궁이 아주 살기 좋더라고 자랑을 하였습니다. 연못에 빠져 죽은 줄 알았던 뜨그리가 살아오니 양반네 식구들은 뜨그리의 말을 그대로 믿고는, 용궁 구경을 하겠다고 물에 차례로 뛰어들어 죽고 말았습니다. 뜨그리는 마지막에 아내만은 만류해서 붙잡은 뒤 양반의 재산을 차지해서 잘 살았습니다. -〈꾀쟁이 하인〉

이 이야기는 다양한 각편이 전국에 광범위하게 퍼져 있는 광포 설화입니다. 이야기의 주인공인 뜨그리는 봉산탈춤에서 양반을 골리고 조롱하는 말뚝이와 비슷한 캐릭터입니다. 뜨그리의 이름도 대개 '막내'란 뜻의 '막둥이'로 지칭되는 경우가 많습니다. 이 이야기에서 상전인 양반은 어리석은 인물로 등장하고, 하인인 뜨그리는 꾀가 많은 인물로 표현되지요. 신분제 사회에서 천한 노비인 뜨그리가 상전에게 대항할 것은 꾀밖에 없기에 꾀를 이용해 양반인 주인을 골려먹고 결국엔 양반의 딸과 혼인해 재산까지 차지합니다. 이렇게 설화에서 속임수를 써서 남을 속이는 인물을 '트릭스터(trickster)'라고 부릅니다. 트릭스터의 대표 격인 꾀쟁이 하인 뜨그리는 현실에서는 약자이지만 기발한 꾀를 내어 강자인 양반을 망하게 하는 인물이지요.

이 민담의 재미는 현실과는 다르게 상전과 하인의 역할과 능력이 거꾸로 뒤집힌 상황에서 찾을 수 있습니다. 많은 전승자들은 이 옛이야기를 향유하며 현실과는 다른 내용을 통해 통쾌함과 대리 만족을 느꼈겠지요. 그들은 이야기 속의 전도된 상황에서 실제 자신이 속한 현실을 벗어나 새로운 가능성의 세계를 상상해보는 즐거움을 느끼고, 더불어 새로운 시각으로 현실을 바라볼 수 있었을 것입니다.

결국 이 이야기가 주는 웃음 안에는 기존의 질서와 권위를 뒤엎는 전복적(顚覆的) 상상력이 있습니다. 현실에서 하인은 신분제의 차별 속에서 양반의 권위와 신분에 눌려 살고 있지만, 이야기에서는 양반의 권위와 지식은 땅에 떨어지고 똑똑한 하인이 양반보다 우월한 모습을 보입니다. 전도된 상황을 통해 양반의 무능력을 폭로하고 현실을 비판하는 것이지요.

사실 전복성은 민담에 자주 드러나는 특징 중 하나입니다. 전복성은 현실에 고착된 권위를 위협하고, 위엄을 무너뜨리며, 기존의 질서를 바꾸거나 극복할 수 없다는 견고한 믿음을 뒤흔듭니다. 이 이야기에 나타나는 전복성 역시 그러합니다. 현실에서는 상상도 할 수 없는 일이지만, 하인이 양반을 망하게 하고 행복한 삶을 누리는 모습은 당시 모순된 신분제도와 사회구조에 대한 발랄한 도전인 셈이지요. 즉, 상전인 양반(지배층)의 권위를 추락시켜서 신분제 사회에 문제를 제기하고, 현실을 뒤집어 민중들이 꿈꾸는 이상의 세계를 그려냄으로써 새로운 삶의 가능성을 보여줍니다. 물론 이러한 이야기들이 당장 현실을 바꾸지는 못하겠지만 이야기를 통한 문제 제기와 비판은 결국 새로운 질서가 등장하게 되는 밑바탕을 만들어주었을 것입니다.

Q. 트릭스터는 구체적으로 어떤 인물인가요?

A. 트릭스터는 장난을 몹시 좋아하고 속임수(trick)를 잘 쓰는 인물 캐릭터를 뜻하는 말입니다. 트릭스터는 사람들이 정해놓은 규칙이나 규범으로 이루어진 사회에 속하는 인물도 아니며, 그렇다고 거기서 완전히 배제되는 인물도 아닙니다. 바로 경계에 선 존재이지요. 서로 다른 두 세계의 경계에 서 있는 존재로서 경계성과 이중성을 지니고 있는 것이 특징입니다. 때문에 사회의 기존 질서를 교란하고 규범을 파괴하는 등 반사회적 존재이기도 하지만 사회 현상에 대해 문제 제기를 하고 비판을 하며 기존 질서를 뒤엎는 역할을 한다는 점에서 매우 중요한 존재이기도 합니다.

트릭스터에 대한 연구는 북아메리카 원주민에게 전해오는 옛이야기로부터 시작되었다고 합니다. 북아메리카 원주민의 트릭스터 이야기에는 트릭스터가 남을 속이는 경우도 많지만 스스로 속는 경우도 많습니다. 이에 반해 우리나라 옛이야기에서는 트릭스터가 남에게 속거나 당하는 이야기는 거의 없고, 상대방을 이기는 이야기가 대부분입니다. 이것은 우리나라가 평등한 부족사회인 북아메리카 원주민 사회와 달리 엄격한 위계질서가 존재하던 사회였기 때문일 것입니다.

우리 옛이야기에서 트릭스터는 대체로 사회구조를 비판하고 공격하는 인물로 드러납니다. 신분제 사회 속에서 사회구조를 비판하려면 권력자와의 대결에서 이겨야 합니다. 이 때문에 트릭스터가 다른 이를 속이는 이야기는 있을지라도 남에게 속거나 당하는 이야기는 많지 않은 것입니다. 그렇다고 트릭스터가 항상 사회에서 힘없는 사람들을 돕는 민중 영웅과 같은 존재는 아닙니다. 트릭스터는 자신의 이익만을 위해 행동하는 인물로, 부자나 양반 같은 기득권자를 이기기도 하지만 한편으로는 자신과 동등하거나 그보다 불리한 위치에 있는 사람을 속여 자신의 이익을 챙기기도 하고 복수를 하기도 합니다.

9장에서 다루었던 '봉이 김선달' 같은 인물이나 토끼에게 번번이 당하는 바보 호랑이 이야기에 등장하는 '꾀 많은 토끼' 같은 존재가 바로 트릭스터의 대표적인 주인공입니다.

다음은 토끼가 트릭스터로 등장하는 옛이야기입니다.

〈토끼와 영감〉

옛날에 한 영감이 뒷동산에 녹두를 심어놓았는데 토끼들이 내려와 몰래 녹두를 따먹었습니다. 영감은 토끼들이 자꾸 녹두를 따먹자 여러 방법으로 쫓아보았지만 효과가 없었습니다. 궁리 끝에 영감은 밑구멍에는 곶감을 박고 코에는 대추를 박고서 녹두밭에 가 죽은 척하고 있었습니다. 토끼들이 밭에 와보니 영감이 죽어 있어 영감을 묻어주기로 하였지요. 토끼들은 영감을 끌고 양지바른 곳으로 옮겨갔는데 갑자기 영감이 벌떡 일어나 토끼를 잡으려고 손을 휘저었습니다. 놀란 토끼들은 다 도망가버렸고, 영감은 겨우 한 마리만 잡을 수 있었습니다.

영감은 잡은 토끼를 삶아 먹으려고 집에 가져와 솥에 넣고는, 뒷집에 불을 얻으러 갔습니다. 그사이에 토끼는 자기 대신 아기를 솥에 넣어두고 자기는 방에 누워서 아기인 척 앙앙 우는 소리를 냈습니다. 영감은 불을 얻어 와서 "아가 울지 마라. 토끼 고기 삶아주마." 하면서 불을 지폈습니다.

영감이 고기를 먹는데 “이거는 우리 아기 머리 같네. 이거는 우리 아기 발 같네. 이거는 우리 아기 손 같네.” 하면서 먹었지요. 다 먹은 후 영감이 방에 들어가려고 하는데, 토끼가 뛰어나오면서 “헤헤, 자기 손자 삶아 먹고 있네!” 하고는 도망쳤습니다.

제12장

민담에서 운명은 주어지는 것일까, 개척하는 것일까?

1. 운명대로 사는 이야기

끈질긴 인연의 끈으로 엮여 있어서 만날 사람은 반드시 만나게 된다는 말을 들어보았겠지요? 영화나 소설에 보면 '운명의 상대'라는 것이 등장하곤 합니다. 어떤 우여곡절을 겪더라도 결국 이 사람이 나의 짝으로 정해진 운명이라는 것이지요. 영화나 소설이 아니더라도 누구나 각자 세상에 하나뿐인 자신의 짝을 꿈꾸는 마음이 있을 것입니다. 우연처럼 만나서 운명이 되는 사람, 아무리 험한 시련을 겪더라도 결국은 자신의 짝이 될 사람, 그런 상대를 사람들은 낭만적으로 꿈꾸곤 하지요.

그런데 어떻게 보면 운명의 상대란 자신의 노력이나 의지와는 무관하게 이미 상대가 짝지어져 있다는 의미처럼 들리기도 합니다. 민담에도 그러한 내용이 많습니다. 여기 그런 운명의 상대와 관련된 옛이야기를 한 편 보겠습니다.

옛날에 한 노총각이 장가를 들지 못하였습니다. 어느 날 길을 가다가 호호백발의 할머니가 실 두 가닥을 가져다 서로 꼭 매어놓는 것을 보고 궁금해서 물어보니 인연을 맺어주는 것이라 하였습니다. 총각이 자기 배필이 될 사람은 누구냐고 물어보니, 고개를 넘어가면 빨래를 널고 있는 여자가 있을 거라며, 그 여자 등에 업힌 아이가 바로 배필이라고 하였습니다. 총각이 그 말을 듣고 찾아가보니 정말 할머니의 말과 똑같았습니다. 아이가 자랄 때까지 기다릴 생각을 하니 기가 막힌 총각은 그 아이를 죽이려고 이마에 돌멩이를 던지고 달아났습니다.

오랜 세월이 지나도 총각은 장가를 들지 못하고 있다가 고을의 원님이 되었고, 이방더러 중매를 서게 하였습니다. 장가가는 날 신부가 될 여자를 보니 이마와 양쪽 볼에 빨간 칠을 하고 있었습니다. 첫날밤에 그 이유를 묻자, 어릴 때 누군가 던진 돌에 맞은 상처 자국이 이마에 있어 빨갛게 칠하였다는 것이었습니다. 그 말에 신부가 바로 예전에 자기가 돌을 던졌던 어린애임을 알고 둘이 천생연분임을 깨달았습니다. 그리고 그때부터 혼인할 때 신부가 얼굴에 연지, 곤지를 찍는 유래가 생겨났습니다.

-〈천생연분〉

천생연분(天生緣分)은 하늘이 맺어준 인연이기에 절대 거부할 수 없다는 이야기입니다. 노총각은 혼인할 시기가 지났는데도 장가를 못 가서 배필을 찾습니다. 그런데 아직 젖도 못 뗀 어린아이가 자신의 짝이라고 하니 얼마나 기가 막혔을까요? 아이가 다 클 때까지 결혼도 못한 채 늙어가야 하니까 말이지요. 이러다간 죽기 전에 장가를 갈 수 있을까 하는 비관적인 생각마저 들었을 것입니다. 그러니 신붓감을 죽이려는 극단적 행위를 취한 것이지요. 신붓감이 없어지면 다른 인연이 생길지도 모른다고 생각해서 나름대로 운명을 바꾸어보려 한 행위였을 것입니다. 하지만 결국 만날 인연은 만나게 되고 만다는 결말을 보여줍니다.

이 이야기에서 실을 묶고 있는 노인은 아마도 월하노인(月下老人)이겠지요. 월하노인은 중국 전설에 나오는 인물로, 부부의 연을 맺어주는 중매쟁이입니다. 중국 설화에 등장하는 월하노인의 이야기는 앞에서 살펴본 우리 옛이야기 〈천생연분〉과 매우 유사합니다. 붉은 실로 남녀를 묶어놓으면 부부의 연을 맺게 된다는 이야기로, 한 젊은이가 이를 믿지 않다가 세월이 흐른 후 혼인을 하고 보니 노인이 말한 처자가 배필이 되었다는 내용입니다. 이처럼 중국과 한국에서 공통적으로 전해지는 천생연분 이야기는 당시 민담을 향유하던 사람들의 의식을 담고 있습니다.

부부의 인연은 이미 정해진 것이므로 바꾸거나 거부할 수 없으니 운명으로 받아들인다는 것이지요.

민담에서는 이렇게 운명과 관련된 이야기들이 많은데 이미 정해진 부부의 인연 외에도 운명의 불가피함을 드러내는 민담이 많이 있습니다. 죽을 운명을 타고난 주인공이 운명에서 벗어나려 애쓰지만 결국 죽고 만다는 단명(短命)에 대한 이야기나, 아들을 많이 낳을 팔자를 타고난 가난한 사람이 이를 피하려고 집을 떠나지만 결국은 팔자에 정해진 자식만큼 아들을 많이 낳고 살게 된다는 이야기 등이지요. 이 옛이야기들은 아무리 부정하려 해도 정해진 운명은 결국 실현되고 만다는 것을 보여줍니다.

2. 운명을 극복하는 이야기

그렇다면 민담에서 운명은 예고된 대로 실현되기만 하고, 주인공은 아무리 노력해도 어쩔 수 없이 주어진 운명대로 살게 되고 마는 것일까요? 꼭 그렇지만은 않은 것 같습니다. 〈천생연분〉 이야기와는 달리 운명에 당당히 맞서 자신의 운명을 바꾸기 위해 길을 나선 인물의 이야기를 한번 볼까요?

옛날에 한 노총각이 있었는데, 아무리 열심히 일해도 가난을 벗어나지 못하였습니다. 그러던 어느 날, 서천서역국의 부처님께 가서 복을 타오면 잘살 수 있다는 말을 우연히 듣고는 먼 서천서역국을 향해 떠났지요.

길을 가다 날이 저물어 어느 부잣집에서 하룻밤 묵게 되었는데 그 집 부부에게는 예쁜 딸이 있었습니다. 그런데 이 딸은 혼기가 찼는데도 결혼을 못하고 있었습니다. 그 집 부부는 총각에게 서천서역국에 가게 되면 언제쯤 딸이 배필을 만날 수 있는지 물어봐달라고 하였습니다. 총각은 그러겠다고 승낙하였지요.

다음 날 길을 떠났다가 연못에 이르렀는데 길을 일러주던 연꽃나무가 총각에게 부탁을 하였습니다. 삼월이 되면 꽃이 피는데 다른 가지에는 전혀 꽃이 피지 않고 맨 윗가지에만 꽃이 핀다면서 이유를 좀 알아봐달라는 것이었습니다. 총각은 부탁을 들어주기로 약속하였습니다.

다시 서쪽을 향해 길을 가다가 큰 강에 다다르게 되었는데, 배도 없이 어떻게 건너야 할지 총각은 한참을 고민하고 있었습니다. 그런데 갑자기 이무기 한 마리가 나타나더니 총각이 가는 곳을 물었습니다. 이무기는 자신이 강을 건너게 해줄 테니 서천서역국에 가면 수천 년을 살아도 왜 용이 되지 못하는지 자신의 팔자를 물어봐달라고 부탁하였습니다. 총각은 그러마 하고 약속하였지요.

긴 여정 끝에 마침내 부처님에게 도착한 총각이 복을 타러 왔다고 하자, 부처님은 태어난 시에 복이 없어 못 탄 것이기에 자신도 방법이 없다고 하였습니다. 총각은 할 수 없이 그동안 부탁받은 이야기를 꺼내놓고 답을 얻어 돌아왔습니다.

총각이 돌아오는 길에 이무기를 만나 "여의주가 두 개라 무거워서 못 올라간답니다." 하고 말하자 이무기는 얼른 여의주 한 개를 총각에게 주더니 곧바로 용이 되어 하늘로 날아올랐습니다. 연꽃나무에게 들러서는 윗가지의 꽃을 따서 처음 만나는 사람에게 주면 다른 가지에도 꽃이 만발

할 것이라고 하자 연꽃나무는 윗가지를 꺾어서 얼른 총각에게 주었습니다. 그러자 가지마다 고운 꽃들이 피어났습니다.

마지막으로 결혼을 못하고 있는 여자의 집에 들렀습니다.

"여의주와 연꽃을 가지고 있는, 이 집에서 처음 만난 남자가 신랑감이랍니다."

총각이 말을 마치자마자 그 집 딸이 총각에게 웃으며 말하였습니다.

"당신은 지금 여의주와 연꽃을 가졌고, 제가 이 집에서 처음 만난 남자이기도 합니다. 당신이 바로 저의 배필이에요."

결국 총각은 그녀와 결혼해서 평생 행복하게 잘 살았습니다.

-〈복 타러 간 사람〉

이 이야기는 전 세계적으로 널리 전승되고 있는 민담입니다. 우리나라뿐 아니라 가까운 일본과 중국, 동남아시아는 물론 유럽 전역에서

도 널리 전해지고 있지요. 〈복 타러 간 사람〉으로 알려진 이 이야기의 가장 오래된 문헌 기록은 기원전 3세기에 쓰인 불경의 하나인 『불본생경(佛本生經)』으로, 우리나라에 전승되는 이야기는 중국에서 건너왔을 가능성이 큽니다. 나라마다 내용이 조금씩 다르게 전해지는 부분이 있지만 멀고 낯선 세계로 복을 구하러 간다는 점은 동일합니다.

이 민담은 앞서 살펴본 이야기와 함께 운명에 관한 이야기로 볼 수 있는데, 가장 큰 차이점은 주인공이 복이 없으면 복을 구해 오거나 복을 가져올 수 있다고 생각하고 마침내 복을 얻게 된다는 것입니다. 가난한 상황을 벗어나기 위해 주인공은 부처님이 있다는 서천서역국을 향해 떠납니다. 이야기에서 간단히 명시된 서천서역국은 지리적으로 먼 곳만을 의미하지 않습니다. 아무나 갈 수 없는 험한 길을 헤치고 걸어가야지만 마침내 도달할 수 있는 이계(異界), 즉 다른 세계를 뜻합니다. 주인공은 서천서역국을 찾아가는 과정에서 다양한 사연을 가진 이들을 만나 부탁을 받게 됩니다. 결국 주인공은 부처님에게 복을 얻기 위해 멀고 험한 서천서역국까지 찾아가고, 부탁받은 이들의 고민을 해결할 수 있는 방법을 물어보는 행위를 통해 자신의 문제까지 해결하게 됩니다. 이는 운명에 맞서는 적극적인 행동과 타인을 도와주는 선행이 합쳐져 이루어낸 결과입니다. 운명론적 질서 속에서 진행된 이야기가 운명론을 극복하는 이야기로 마무리되는 것이지요. 주인공은 자신의 삶을 적극적으로 개척하려는 태도를 유지하며 운명을 극복하려는 모습을 보입니다. 그래서 이 이야기를 인간이 운명론을 극복하기 시작한 단계의 의식을 반영하는 것으로 보기도 합니다.

여기 복과 관련된 이야기가 한 편 더 있습니다. 앞의 민담이 복이 없어 복을 구하러 간 사람의 이야기라면 이 민담은 복이 없어 남의 복을 빌려 사는 사람의 이야기입니다. 한번 살펴볼까요?

어떤 사람이 나무장사로 근근이 생계를 유지하며 살고 있었습니다. 그런데 아무리 열심히 일을 해도 형편이 나아지지 않았습니다. 그는 좀 더 잘살고 싶어서 하루에 나무를 세 단씩 해서 집 안에 쌓아두었는데, 다음 날 아침에 보면 나뭇단 두 단이 감쪽같이 사라지고 한 단만 남아 있는 것이었습니다. 여러 번 그런 일이 반복되자 나무꾼은 누가 훔쳐갔는지 알아내려고 나뭇단 속에 숨어서 지켜보기로 하였습니다. 한밤중이 되자 갑자기 회오리바람이 일어나더니 나뭇단이 하늘로 올라가는 것이었습니다. 나무꾼도 바람을 타고 나뭇단과 함께 올라갔습니다. 하늘에 올라가보니 그동안 잃어버렸던 나뭇단이 쌓여 있는 것을 보고 나무꾼은 옥황상제에게 따졌습니다. 옥황상제가 나무꾼이 타고난 복이 그것뿐이라 어쩔 수 없다고 하자 나무꾼은 좀 더 잘살 수 있게 해달라고 옥황상제에게 간청하였습니다.

옥황상제는 사람의 복은 정해진 것이라 어쩔 수 없지만 나무꾼의 딱한 사정을 감안하여 임시로 '차복(借福)'이라는 사람의 복을 빌려주었습니다. 후에 차복이 세상에 태어나면 바로 돌려주어야 한다는 말을 하면서 말이지요. 그 후 복을 빌려온 나무꾼은 금방 부자가 되었습니다.

그러던 어느 날, 가난한 옹기장수 내외가 찾아와 잘 자리를 마련해달라고 하여 헛간을 빌려주었습니다. 그날 밤 옹기장수 아내가 아들을 낳았는데 아기 이름을 차복이라고 지었습니다. 나무꾼은 그제야 차복이 태어난 것을 알고, 고민 끝에 옹기장수더러 자기 집에서 함께 살자고 제안하였습니다. 그때부터 두 가족이 함께 살면서, 나무꾼은 차복의 복으로 여전히 잘살았습니다. -〈남의 복 빌려 산 사람〉

이 이야기에서 주인공은 원래 가진 복이 없는 박복한 사람이었는데, 옥황상제에게 간청해 복이 있는 사람의 복을 빌려 살다가 진짜 복 주인이 나타나면 돌려주기로 합니다. 이 이야기의 주인공인 나무꾼은 결국 자기 운명을 거스르지 못한 것으로 비칠 수도 있습니다. 옥황상제가 '사람의 복은 정해진 것이라 어쩔 수 없다'고 한 것에서도 운명을 바꿀 수 없다는 관점이 드러납니다. 사실 나무꾼은 주어진 자신의 복으로 잘산 것이 아니라 남의 복을 빌렸기에 부자로 살게 된 것이니까요.

하지만 열심히 잘 살아보려고 나뭇단을 세 단씩 해놓았는데 나뭇단이 자꾸 없어지자 연유를 알아보려고 하늘까지 올라가 옥황상제에게 따지는 나무꾼의 모습은 자신의 운명을 바꾸어보려는 꽤 적극적인 행동으로 보이지 않나요? 나무꾼이 가난한 상황을 타개하고자 하는 노력은 남의 복을 빌려서일지라도 부유하게 살게 되는 데 결정적인 역할을 합니다. 이는 주어진 운명을 거부하고, 그것을 극복하고자 한 노력이 결실을 맺은 것이라 볼 수 있지요. 이야기의 마지막에서도 복 주인이 태어났다고 맥없이 복을 돌려주는 것이 아니라 복을 '공유'함으로써 복 주인에게 돌려주겠다는 약속을 어기지 않으면서도, 자신의 부유한 삶을 지속시킬 수 있는 방안을 마련합니다.

앞에서 본 두 민담은 운명적 가난을 극복하려고 복을 타러 가거나 빌려온다는 점에서 공통적입니다. 복은 보이거나 잡을 수 있는 것이 아닌데 마치 실체가 있는 것처럼 타거나 빌려온다고 하는 점에서 사람들의 복에 대한 인식을 엿볼 수 있습니다. 또한 풍족한 생활을 누리고자 하는 민담 향유층의 소망을 직접적으로 나타냈다는 점도 공통적입니다. 〈복 타러 간 사람〉은 천생배필을 만나 부유하게 살고 싶은 소망과 지나친 욕심에 대한 경계를 함께 이야기합니다. 〈남의 복 빌려 산 사람〉은 가난을 벗어나 부자로 살고 싶은 소망을 나타냅니다. 차이점은 〈복 타러 간 사람〉이 타인의 문제를 해결해주는 선행의 과정을 통해 행운을 얻었다면, 〈남의 복 빌려 산 사람〉은 근면하고 주체적인 자세로 복을 얻어 잘살게 되었다는 것이겠지요.

민담에서는 주어진 운명을 바꿀 수 없다는 인식과 바꿀 수 있다는 인식, 두 가지 인식이 동시에 드러납니다. 이렇게 상반된 인식이 동시에 드러나는 것은 사람들이 운명에 대한 인식을 한쪽으로만 편향되게 고정하여 생각한 것이 아니라는 뜻입니다. 그러므로 인간의 운명을 다룬 민담에서 주목해야 할 부분은 운명을 바꿀 수 있느냐 없느냐의 문제가 아니라 어떤 것을 운명으로 다루며, 이러한 이야기가 가진 의미가 무엇이냐는 것입니다.

운명에 관한 이야기를 보면 장수(長壽), 부귀(富貴), 결혼(結婚), 다남(多男), 타고난 복에 관한 내용이 대부분입니다. 이것은 민담 향유층이 지니고 있는 행복에 대한 인식을 나타냅니다. 사람들은 오래 살면서 부귀를 누리고, 천생배필을 만나서 아들을 많이 낳아 가문을 번성시키며 화목하게 살고 싶은 마음을 지니고 있다는 것이지요. 사람들이 바라는 이러한 소망들은 단순히 행복의 조건만을 의미하는 것이 아닙니다. 삶의 질을 높이고, 삶의 양을 늘리는 것은 인간이 삶을 영위하는 데 가장 근본적인 문제라고 할 수 있습니다.

이를 통해 볼 때 민담의 세계는 인간에게 가장 중요하고 근본적인 부분을 다루고 있다는 것을 알 수 있습니다. 또한 운명을 받아들이는 관점은 이야기마다 다르지만 민담에 보이는 공통된 인식은 매우 현실 지향적이며 현세 중심적입니다. 지금, 여기에서, 행복하게 잘살고 싶은 소망이 운명담에 차고도 넘치게 담겨 있는 것입니다. 결국 민담은 흥미롭고 재미난 이야기일 뿐만 아니라 사람들이 현실에서 바라고 원하는 것을 가장 명확하고도 진실 되게 보여주는 거울인 셈입니다. 당대 사람들의 인식과 가치관, 소망 등을 비추어주는 또렷한 거울 말이지요.

Q. 왜 옛이야기에는 유래에 관한 이야기가 많나요?

A. 옛이야기에는 유독 어떤 사물이나 일이 생겨난 이유나 근원에 관한 이야기가 많습니다. "그때부터 이렇게 되었다고 합니다."라는 식의 이야기 말입니다. 이런 이야기를 유래담(由來談)이라고 합니다. 연지, 곤지를 찍게 된 이유를 알 수 있는 〈천생연분〉도 역시 유래담입니다.

유독 옛이야기에 이런 유래담이 많은 이유는 무엇일까요? 왜 사람들은 이런 이야기들을 만들고 즐겼을까요?

그것은 아마도 사람들이 자신을 둘러싼 세상과 사물에 대해 궁금증과 관심을 가졌기 때문이 아니었을까 싶습니다. 그 궁금증과 관심이 상상력과 접속해 사물의 시작이나 일의 발생과 관련된 재미난 옛이야기를 만들어낸 것이 아닐까 추측해봅니다. 그렇다고 아무렇게나 지어낸 것은 아닙니다. 듣기에 그럴듯하고, 고개를 끄덕일 법한 유래들이 많습니다. 게다가 사물이나 세상에 대한 관심과 애정이 없다면 이렇듯 면밀히 관찰하고 궁리해 이야기를 만들어냈을 것 같지가 않습니다.

그럼 유래담 한 편을 더 살펴보겠습니다. 술의 기원에 대한 이야기입니다.

〈술 귀신의 유래〉

병든 아버지를 모시고 사는 효자가 있었는데, 아버지를 치료하기 위해서 사방팔방으로 약을 구하러 다녔습니다. 그러다 만난 용한 의원이 아버지의 병을 낫게 하려면 선비, 광대, 미친 사람의 간을 먹어야 한다고 일러주었습니다. 그 이야기를 듣고 효자는 선비와 광대, 미친 사람을 죽여 간을 빼 아버지에게 약으로 드렸습니다. 그러자 감쪽같이 아버지의 병이 나았지요. 그 후 아들은 자신이 죽인 사람들의 시신을 한곳에 수습해 무덤을 만들어주었는데 그 무덤에서 풀이 돋아났습니다. 그 풀로 빚은 것이 바로 술입니다. 술에는 죽은 세 사람의 혼이 깃들어 있어서, 한 잔을 마시면 선비처럼 점잖고, 두 잔을 마시면 흥이 올라 광대처럼 춤추고 노래하게 되며, 석 잔을 마시면 미친 사람처럼 광기를 드러낸다고 합니다.

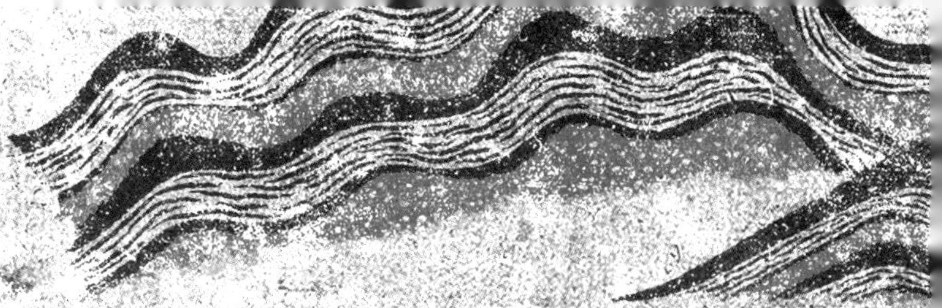

5부

옛이야기의 현재와 미래

제13장

옛이야기는 어떻게 변해왔을까?

1. 옛이야기와 소설의 기원

우리가 현재 알고 있는 옛이야기는 처음에 어떤 모습을 하고 있었을까요? 말로 전해지는 문학이니만큼 옛이야기는 본연의 실체를 알기가 어렵습니다. 요즘 우리가 접하는 옛이야기는 말이 아닌 글로 전해지는 것이 대부분입니다. 그러나 옛이야기는 태생부터 글과 거리가 멀었습니다. 누군가 기억하고 있는 이야기를 입으로 말하면 그것을 어떤 사람이 듣고 또 다른 사람에게 입으로 전하는 것, 그것이 옛이야기가 전해지던 방식이었습니다.

기록되는 방식이 아니기에 실체를 알 수 없고, 말은 내뱉음과 동시에 공기 속으로 흩어지므로 사람들은 이야기 전부를 기억할 수 없습니다. 그래서 줄거리가 같다고 할지라도 이야기는 그것이 말해지는 순간 세상에서 단 하나뿐인 이야기가 되어버리고 맙니다. 옛이야기를 말하는 사람은 모두 자기 고유 버전의 이야기를 하고 있는 셈이지요.

이 같은 옛이야기는 인류의 역사와 함께 진행되어왔을 가능성이 높습니다. 인류의 초기 단계에서는 신을 찬양하고, 마을의 평안과 개인의 안위를 위한 의식에서 사용되었던 것으로 여겨집니다. 그러다가 시간의 흐름에 따라 점점 옛이야기의 종교적·사회적 기능이 쇠퇴하고 대신 교훈적이고 오락적인 기능이 강해졌습니다. 이야기는 듣는 사람에게 지혜와 깨달음을 일깨워주기도 했고, 아무런 의도 없이 그저 즐거움과 재미만을 주기도 했습니다. 오늘날 갖가지 오락 수단과 기구가 발달함에 따라 옛이야기를 구연할 기회가 적어지고 옛이야기의 교훈적 기능이 약해졌지만, 오락적 기능만은 여전히 남아서 다양한 매체를 통해 활용되고 있습니다.

한편 입으로 전해지던 옛이야기는 문자가 생겨나 정착된 이후에는 말로 이루어진 구비 설화와 이야기를 문자로 기록한 문헌 설화의 형태로 전해지게 되었습니다. 말로만 전해지던 이야기가 드디어 글로도 기록되어 양반들에게도 통용된 것이지요. 이러한 이야기들을 기록한 『어우야담(於于野談)』[12], 『청구야담(靑邱野談)』[13], 『계서야담(溪西野談)』[14], 『동야휘집(東野彙輯)』[15] 등의 문헌설화집이 현재 전해져 내려오고 있습니다.

그런데 문헌 설화 말고도 옛이야기가 문헌에 흔적을 남긴 것이 또 있습니다. 바로 '소설'이라는 장르입니다. 옛이야기는 고전소설이 생기는 데 큰 영향을 미쳤습니다. 옛이야기와 소설은 엄연히 다른데 어떻게 영향을 미친 것일까요? 다음 이야기를 살펴보면서 알아볼까요?

최치원이 열두 살에 당나라에 들어가 과거에 급제한 뒤에 벼슬을 하였는데 종종 고을 남쪽의 초현관이란 곳에 가서 놀았습니다. 그런데 그 앞에는 쌍녀분(雙女墳)이라는 오래된 무덤이 있었습니다.

어느 날 최치원이 쌍녀분 앞에서 쌍녀분에 관한 시를 지어 읊었는데, 홀연 웬 시녀가 나타나서는 팔낭자와 구낭자가 최치원의 시에 대해 화답한 시를 가져다주었습니다. 그 시를 읽고 감동한 최치원은 다시 두 여인을 만나고 싶다는 내용의 시를 지어 보냈습니다. 그리고 답장이 오기를 기다리고 있는데, 얼마 뒤 이상한 향기가 진동하면서 아름다운 두 여인이 최치원 앞에 나타났습니다.

두 여인은 최치원에게 자신들의 사연을 털어놓았습니다. 그들은 본래 부자 장씨의 딸이었습니다. 그런데 언니가 18세, 동생이 16세 되던 해에 아버지가 언니는 소금장수에게, 동생은 차(茶)장수에게 시집보내고자 하였습니다. 그녀들은 아버지의 뜻을 따르고 싶지 않아 여러 날 고민하다가 마침내 스스로 목숨을 끊었습니다. 아버지는 뒤늦게 딸들의 마음을 헤아리고는 두 여인을 함께 묻어주었는데, 그곳이 바로 쌍녀분이라고 하였습니다. 이렇게 한을 품고 죽은 그녀들은 그동안 마음을 알아줄 사람을 찾았으나 만나지 못하다가, 마침 최치원 같은 수재를 만나 회포를 풀게 되어 기쁘다고 말하였습니다.

세 사람은 술자리를 베풀며 서로 시를 주고받으니 곧 흥취가 절정에 이르렀습니다. 최치원은 여인들에게 서로 인연을 맺자고 청하였고, 세 사람은 밤새도록 즐겼습니다. 그러다가 달이 지고 닭이 울자 두 여인은 이제 작별할 시간이 되었다면서 시를 지어 바치고는 홀연히 사라져버렸습니다.

최치원은 그다음 날 지난밤 일을 회상하며 쌍녀분 주위를 배회하면서 노래를 지어 불렀습니다. 그 뒤 최치원은 신라로 돌아와 여러 명승지를 유람한 후 가야산 해인사에 숨어버렸습니다. 이후로 최치원의 행적은 밝혀진 바가 없습니다. -〈최치원〉

이 옛이야기는 『수이전(殊異傳)』[16]에 실린 〈최치원〉의 줄거리입니다. 최치원은 통일신라시대에 살았던 6두품[17] 계급의 인물로, 어린 시절 당나라에 유학하여 장원급제한 수재로 알려져 있습니다. 역사 속의 실존 인물이지요. 그런데 이야기의 내용은 죽은 여인들과 만나 하룻밤 즐거이 보냈다고 하니 허황되기 그지없습니다. 이 글을 보고 실제라고 여기는 사람은 없을 것입니다. 역사 속 인물을 주인공으로 내세운 허구의 이야기는 옛이야기에서 충분히 가능한 일이기 때문입니다.

그런데 내용이 어떠한가요? 일단 인물이 구체적으로 드러나고, 장소 또한 구체적입니다. 최치원과 부자 장씨의 죽은 두 딸, 그리고 초현관 앞의 쌍녀분이라는 무덤이 그러하지요. 배경 못지않게 주인공들의 감정 또한 생생합니다. 최치원이 두 여인에게서 화답시를 받고 다시 시를 지어 보낸 뒤 답장을 기다리는 것이나, 함께 만나서 시를 주고받는 것, 그리고 여인들이 떠나고 난 뒤 최치원이 지난밤 일을 그리워하며 무덤 주위를 배회하면서 노래를 지어 부르는 것 등이 모두 인물의 감정을 드러내는 것입니다. 감정을 전달하는 매개로 '시'가 삽입된 것도 특징적인데, 시는 본래 은유를 바탕으로 하는 것으로 생각한 바를 직접적으로 표현하지 않고 우회적으로 표현할 때 사용되는 것입니다. 이러한 점들은 여느 옛이야기에서는 흔히 볼 수 없는 특징입니다. 옛이야기는 사람들에게 들려주는 것이기 때문에 감정을 간접적으로 표현하기보다는 직설적으로 표현하고 무엇보다 전개가 빠릅니다. 또 인물의 성격이나 심리 상태를 구체적으로 묘사하기보다는 간단한 설명으로 대신합니다. 즉, 옛이야기는 입으로 전해지는 구전성에 중점을 두어 직설적이고 압축적으로 내용을 전달하는 반면, 소설은 문자로 기록되는 것을 전제로 하기에 되도록 감정과 상황을 자세하게 묘사하는 것이지요.

사실 시를 통해 감정을 우회적으로 전달하는 것은 한문소설에서 흔히 드러나는 기법입니다. 또한 〈최치원〉에서 드러나는 여러 특징은 소설의 특징이기도 합니다. 그래서 이 작품을 한편에서는 소설로 보기도 합니다. 최초의 한문소설인 김시습의 『금오신화(金鰲新話)』[18] 보다도 시기적으로 앞서는 것이니 어쩌면 이 작품이 우리나라 최초의 소설일 수도 있는 셈이지요.

그러나 이 작품이 수록된 『수이전』은 설화모음집으로 알려져 있습니다. 그래서 이 글을 설화로 보는 견해도 한편으로는 많습니다. 장면 장면을 상세하게 묘사하고 인물의 심리를 간접적으로 그린다는 점에서 소설의 특징을 보이기는 합니다만, 특정한 부분을 제외하고는 전개가 빠르고 직설적 표현도 종종 보인다는 점에서 옛이야기의 특성을 상당히 갖추고 있기 때문입니다. 어쩌면 이 이야기는 어떤 인물이 쌍녀분에 갔다가 억울하게 죽은 처녀들과 하룻밤 인연을 맺었다는 단순한 내용에서 시작했을 것입니다. 그런데 어느 지점에서 이야기의 주인공이 최치원으로 바뀐 것이지요. 최치원은 뛰어난 능력이 있었지만 신분제의 벽에 부딪혀 자신의 뜻을 펴지 못한 채 역사 속으로 사라져버린 인물입니다. 평생 한을 품고 고독하게 살다 간 최치원의 삶과 쌍녀분의 이야기가 어우러져 〈최치원〉이라는 옛이야기가 만들어진 것이 아닐까 싶습니다. 그리고 이것이 전해지는 과정에서 장면 장면이 자세하게 묘사되고, 심정이 섬세하게 그려지면서 이야기가 좀 더 정교하게 다듬어졌을 것입니다. 그러면서 옛이야기의 특성과 소설의 특성을 동시에 갖춘 경계 지점에까지 이르게 된 것이지요.

이렇듯 옛이야기(설화)의 인물과 장면이 조금씩 구체적이고 섬세하게 표현되면서 자연스럽게 소설로 이어졌다고 볼 수 있습니다. 많은 학자들이 소설의 기원을 '설화문학'으로 보는 것도 이 때문입니다.

2. 옛이야기와 판소리계 소설

기본적으로 옛이야기는 구전성에 초점을 두고 있고 소설은 기록성을 전제로 한다고 했습니다. 문헌 설화를 소설과 구별하여 '설화'라고 한 이유는 비록 그것이 문자로 기록되어 있지만 입말을 바탕으로 기록되어 있다는 점에서 그러한 것입니다. 전형적으로 한문의 문법에 맞추어서 글을 쓴 것이 아니라 세간에 떠도는 옛이야기를 한문이라는 문자를 통해 평소 말하는 형식으로 적어놓았다는 의미입니다. 이를테면 〈꾀쟁이 하인〉에서도 보았듯이 구전되는 옛이야기에 '뜨그리'라는 인물이 나오는데, 문헌 설화에서도 그 이름을 비슷하게 소리 나는 한자로 '득거리(得巨里)'라고 표현한 부분이 보입니다.

우리에게 잘 알려진 〈춘향전〉, 〈심청전〉, 〈흥부전〉, 〈토끼전〉 등은 판소리에서 유래했다 하여 '판소리계 소설'이라고 합니다. 판소리는 스승에게서 제자에게로 창법(唱法)과 사설(노래가사)이 전해져왔습니다. 별다른 악보집이나 가사집을 통해서가 아니라 스승의 입에서 제자의 입으로 전해 내려온 것입니다. 〈춘향전〉, 〈심청전〉, 〈흥부전〉, 〈토끼전〉 등이 처음에는 판소리로 불렸다고 하는 것으로 보아 이 작품들도 본래는 입으로 전해졌다는 뜻입니다. 판소리는 기본적으로 노래의 형태로 불렸으니, 판소리에서는 각각의 작품을 〈춘향가〉, 〈심청가〉, 〈흥부가〉, 〈수궁가〉라고 불렀습니다. 19세기 후반에야 이러한 판소리의 가사가 글로 기록되었고, 그 기록이 후에 소설로 전해지게 된 것입니다.

판소리는 사실 입에서 입으로 전해지던 옛이야기들을 바탕으로 만들어진 것입니다. 입으로 전해지던 이야기들이 모여 판소리로 정착되고, 창자(판소리를 하는 소리꾼)에 의해 노래로 불리던 판소리가 판소리계 소설이 된 것이지요. 그래서 판소리계 소설은 대체로 옛이야기를 바탕으로 하고 있습니다. 〈춘향전〉은 열(烈) 설화, 〈심청전〉은 효(孝) 설화, 〈흥부전〉은 우애 설화가 기반이 되었습니다. 〈토끼전〉은 옛이야기 〈토끼와 자라〉에서 비롯된 것입니다.

본래 입으로 떠돌던 옛이야기를 모아서 노래로 부르던 판소리는 서민들이 즐기던 장르였습니다. 그래서 당대 서민층이 쓰던 생활어가 종종 등장하고 작품 자체가 아주 발랄하고 생동감이 넘칩니다. 판소리계 소설이 여느 한문소설과 다른 특징은 바로 여기에서 기인한 것입니다.

그러면 판소리계 소설로 유명한 〈춘향전〉을 한번 자세히 살펴볼까요? 〈춘향전〉은 남원 부사의 아들 이몽룡과 퇴기 월매의 딸 춘향이 신분을 초월한 사랑을 하고 그 사랑을 지켜나간 이야기를 소설로 만든 것입니다. 앞서 설명한 바와 같이 〈춘향전〉은 〈춘향가〉라는 판소리에서 온 것인데, 이런 〈춘향전〉이나 〈춘향가〉는 누가 처음 만든 것일까요?

〈춘향전〉과 〈춘향가〉는 작가를 알 수가 없습니다. 일종의 공동작인 셈이어서 원작자를 모르는 것이 당연합니다. 아마도 근원이 된 옛이야기를 누군가 만들었을 테고, 그것을 누군가가 듣고 전하고 또 그것을 누군가가 듣고 전하였겠지요. 이 과정에서 이야기의 더하기가 빼기가 진행되었을 터이고요. 그래서인지 〈춘향가〉에서 파생된 〈춘향전〉의 이본은 100개가 넘습니다. 지역마다, 화자마다 조금씩 다른 이야기를 전하고 있는 것입니다.

게다가 〈춘향가〉는 하나의 설화만으로 만들어진 것이 아닙니다. 여러 가지 설화가 얽히고설켜 형성된 적층문학(積層文學: 여러 사람이 오랫동안 공동으로 창작한 문학)입니다. 〈춘향가〉는 17세기 말에서 18세기 무렵부터 불리기 시작했는데, 그 후 여러 명창(名唱)을 거쳐 19세기 중기 이후에 비약적인 발전을 이루면서 소설로 자리 잡아 오늘날까지 전승되고 있습니다.

〈춘향전〉을 이루는 근원 설화는 매우 다양합니다. 〈도미의 처〉[19]와 같은 열녀에 관한 이야기인 '열녀 설화', 〈박문수 설화〉와 같이 암행어사와 지방 기생 사이에 이루어진 인연을 이야기한 '암행어사 설화', 원통하게 죽은 여인의 한을 풀어주는 이야기인 '신원 설화(伸寃說話)', 남녀 간의 애정을 다룬 '염정 설화(艶情說話)' 등이 있습니다. 물론 이 외에도 수많은 설화들이 〈춘향전〉 이야기에 영향을 주었지요.

이 중에서도 눈길을 끄는 것이 '신원 설화'입니다. 신원 설화는 억울한 한을 품고 죽은 여인이 귀신이 되어 마을에 재앙을 내리자 마을 사람들이 그 혼을 달래고 억울함을 풀어주기 위해 굿을 하거나 글을 지어 바쳤다는 내용의 설화를 말합니다. 대표적으로 남원 지방에서 전하는 〈박색녀 설화〉, 밀양 지방의 〈아랑 설화〉, 평양 지방의 〈심수경 설화〉 등을 들 수 있는데, 특히 춘향의 고향으로 알려진 전남 남원에서 전하는 〈박색녀 설화〉가 재미납니다. 〈박색녀 설화〉는 양반 자제와 사랑을 나눈 못생긴 여자가 과거를 보기 위해 서울로 떠난 양반 자제를 기다리다 지쳐 한을 품고 죽었다는 내용입니다. 〈춘향전〉에서 춘향은 새로 부임한 변 사또의 눈에 들어 수청을 강요당한 절세미인으로 묘사되고 있는데, 그 근원이 된 이야기는 얼굴이 못생긴 여자가 한을 품고 죽은 내용이라니 참으로 흥미롭지 않나요?

이와 같이 재미있고 흥미로운 다양한 설화들이 모여 한 편의 고전 소설이 이루어진 것입니다. 물론 설화에 강하게 영향을 받은 소설도 있고, 설화적 모티프가 부분적으로 들어가 있는 소설도 있습니다. 결국 설화가 소설의 형성에 영향을 미쳤다는 것은 부인할 수 없어 보입니다.

3. 옛이야기의 현재와 미래

그렇다면 옛이야기는 언제까지 계속될까요? 옛이야기는 과거에만 전해졌고 현재는 잘 모르는 이야기를 말하는 것일까요? '옛이야기'는 '옛날부터 오늘날까지 꾸준히 전해오는 이야기'를 뜻합니다. 언제부터라고 콕 집어 말할 수는 없지만 옛날 어느 순간 생성되어 과거의 사람들도 알고 있었고 현재의 우리도 알고 있으며 후대의 누군가도 알게 될 이야기인 것이지요.

이야기는 기본적으로 말과 글을 바탕으로 전해집니다. 입에서 입을 통해 전해지거나, 글로 기록되어 전해지는 것이지요. 하지만 요즘에는 말과 글을 통하는 방식뿐 아니라 다양한 방식으로 이야기가 전해지고 있습니다. 인터넷이나 텔레비전 같은 통신매체를 통해서도, 혹은 연극이나 뮤지컬 같은 공연을 통해서도 이야기가 전해집니다.

옛이야기를 소재로 한 드라마나 영화, 연극 등을 본 적이 있을 것입니다. 드라마는 물론이고 영화나 연극의 내용이 익히 알려진 친숙한 이야기라고 할지라도 사람들은 그것을 보러 갑니다. 왜냐하면 내용의 기본 축은 같을지라도 구성이나 담고 있는 메시지는 각각 다르기 때문입니다. 옛이야기의 내용을 있는 그대로 가져와 똑같이 만들어낸 작품보다는 잘 알려진 내용을 기본 축으로 하여, 캐릭터를 시대와 상황에 맞게 변형시키고 새롭게 구성하여 기존의 해석을 뒤집는 작품이 대부분입니다. 이를테면 〈콩쥐팥쥐〉에서 팥쥐를 오히려 긍정적으로 평가해서 돌아보려고 한다든가, 〈춘향전〉에서 종의 신분이었던 방자를 부각시켜서 춘향과 방자의 로맨스를 만들어내는 것입니다. 오늘날 〈춘향전〉을 바탕으로 만든 영화나 연극, 애니메이션 〈춘향전〉은 저마다의 목적의식을 갖고 있는 각각의 작품인 것입니다.

옛이야기는 오늘날에도 여전히 매체를 달리하면서 끊임없이 파생되고 있습니다. 일례로, 일곱 번째 공주로 태어났다고 해서 자신을 버린 부모를 죽음에서 구하기 위해 저승으로 약을 찾아 떠나는 〈바리공주〉 이야기도 오늘날 여러 장르로 새롭게 창작되었습니다. 황석영의 장편소설 『바리데기』에서는 바리공주가 탈북 여성으로 그려졌는데, 옛이야기의 구조와 등장인물들을 활용하여 현실에 맞게 재구성한 것입니다. 고구려를 세운 주몽을 주인공으로 내세운 드라마 〈주몽〉은 옛이야기와 역사서를 바탕으로 내용을 새롭게 구성하여 역사 드라마의 새로운 지평을 열었다고 평가되기도 합니다.

최근에는 옛이야기가 만화나 애니메이션으로까지 그 범위를 넓히고 있습니다. 우리 고유의 신화를 바탕으로 만든 웹툰 〈신과 함께〉와 애니메이션 〈오늘이〉 등을 예로 들 수 있습니다. 드라마나 영화에 비해 만화나 애니메이션은 아직 시작 단계이지만 많은 사람들이 관심을 가지고 새로운 작품을 시도하고 있습니다. 잘 알려진 옛이야기를 오늘날 현실에 맞게 새롭게 해석하고 기존과는 다른 가치관과 의미를 드러내는 것이지요.

이렇듯 말과 글을 기본으로 전승되어오던 옛이야기는 오늘날 다양한 매체들을 활용하여 지금도 여전히 전승되고 있습니다. 매체가 변했다고 해서 옛이야기가 사라지는 것은 아닙니다. 소설, 영화, 연극, 웹툰, 애니메이션 등과 같은 다양한 매체 역시 말과 글을 기본 바탕으로 하여 발전한 것이기 때문입니다. 이야기는 사람들 사이에 널리 회자되어야만 생명력을 지니는 것입니다. 시대나 상황에 따라 새롭게 옷을 입어가면서, 대상 독자에 따라 새롭게 변화하면서 전해져 나아가는 것이지요. 앞으로는 우리가 모르는 또 다른 매체를 통해 우리의 옛이야기는 전해져 갈지 모릅니다. 또한 지금 우리가 즐기는 이야기들이 훗날에는 새로운 옛이야기로 재탄생할지도 모르는 일입니다.

Q1. 고전소설 〈흥부전〉의 근원 설화에는 어떤 것들이 있나요?

A1. 다른 판소리계 소설도 마찬가지이지만 많은 고전소설들은 여러 설화가 혼합되어 이루어져 있습니다. 설화는 전해 내려온 것이므로 근원을 명확하게 알 수가 없습니다. 〈흥부전〉도 마찬가지입니다. 다만 추론해본다면, 〈흥부전〉의 근원 설화는 크게 네 갈래로 볼 수 있습니다. 우리 고유의 설화, 몽골 설화, 고유 설화와 외래 설화의 혼합, 그리고 불교 설화입니다.

어떤 학자는 신라시대의 이야기 〈방이 설화〉를 〈흥부전〉에 영향을 미친 설화로 보기도 하고, 어떤 학자는 몽골 설화 〈박타는 처녀 설화〉가 〈흥부전〉과 내용이 비슷하다며 〈흥부전〉에 가장 가까운 설화로 이야기하기도 합니다. 그 외에도 혼합 설화나 불교 설화의 영향을 말하기도 하지요. 각각의 이야기들을 살펴보면 〈흥부전〉과 유사한 부분이 꽤 많습니다. 이처럼 〈흥부전〉은 다양한 근원 설화를 지니고 있기에 어느 한쪽의 영향만을 받았다고 보기는 어렵습니다. 이것이 말로 전해오며 쌓아진 적층문학, 옛이야기의 특징이기도 합니다.

그러면 여기에서 〈흥부전〉이 큰 영향을 받았다고 하는 신라시대의 〈방이 설화〉와 몽골 설화인 〈박타는 처녀 설화〉를 자세히 살펴볼까요?

〈방이 설화〉

신라시대에 김방이라는 이가 살았는데, 그의 아우는 부자였으나 형 방이는 몹시 가난하였습니다. 어느 해 방이가 아우에게 누에와 곡식 종자를 얻으려 하자 심술궂은 아우는 누에와 곡식 종자를 삶아서 형에게 주었습니다. 이것도 모르고 방이는 열심히 누에도 치고 씨앗도 뿌려 힘껏 가꾸었지요. 그러나 모두 자라지 않고 그중에서 단 한 마리의 누에만이 생겼는데, 그것이 날로 자라 황소만큼 커졌습니다. 소문을 듣고 샘이 난 아우가 형을 찾아와 그 누에를 죽여버리고 돌아갔습니다. 그러자 사방의 누에가 모두 모여들어 고치를 켜주어 형은 '누에왕'으로 불리게 되었습니다. 또한 아우가 준 곡식도 이삭이 한 줄기밖에 나지 않았으나, 그 이삭이 한 자가 넘게 자랐습니다. 하루는 새 한 마리가 날아와 한 줄기 난 이삭을 물고 산속으로 달아났습니다. 방이는 새를 쫓아서 산속 깊이 들어갔지요. 그러다 해가 저물어 돌 옆에 머물게 되었습니다. 그때 붉은 옷을 입은 아이들이 나타나 금방망이로 돌을 두드리니 원하는 대로 음식이 모두 나오는 것이었습니다. 아이들은 이것을 먹고 놀다가 금방망이를 돌 틈에 두고 가버렸습니다. 방이는 아이들이 놓고 간 금방망이를 가지고 돌아와 부자가 되었습니다. 부자가 된 형을 보고 심술이 난 아우는 형을 따라 새를 쫓아가 아이들을 만났습니다. 그러나 아이들에게 지난번 금방망이 도둑으로 몰려 사흘이나 굶주리며 연못을 파는 벌을 받고 코가 코끼리처럼 길게 뽑혀서 돌아왔습니다.

〈박타는 처녀 설화〉

옛날 한 처녀가 마루에 앉아 바느질을 하고 있었습니다. 그때 처마 밑에 집을 짓고 살던 제비 한 마리가 땅에 떨어지고 말았습니다. 제비가 다리가 부러져 날지 못하자 처녀는 불쌍히 여겨서 바느질하던 실로 다리를 정성스레 동여매어주었습니다. 처녀의 보살핌으로 제비는 다시 날 수 있게 되었고, 이듬해 봄이 되자 강남으로 떠났던 제비가 박씨 하나를 물고 와 처녀의 집에 떨어뜨렸습니다. 처녀가 그 박씨를 심었더니 가을에 커다란 박이 하나 열렸고, 그 박을 타니 온갖 금은보화가 쏟아져 나와 처녀는 큰 부자가 되었습니다.

그런데 이웃집에 사는 심술궂은 처녀가 이 얘기를 듣고 멀쩡한 제비를 잡아다가 일부러 다리를 부러뜨린 후 실로 동여매주었습니다. 이듬해 봄이 되자, 그 제비 역시 이웃집 처녀에게 박씨를 물어다 주었습니다. 처녀는 크게 기뻐하며 박씨를 심었고, 가을에 커다란 박이 하나 열리자 큰 기대를 하며 박을 탔습니다. 그러나 갈라진 박 속에서는 무시무시한 독사가 나와 처녀를 물어 죽이고 말았습니다.

Q2. 옛이야기는 본래 누구를 위한 것일까요?

A2. 요즘 옛이야기의 주된 독자는 어린이입니다. 많은 어린이들이 〈도깨비방망이〉나 〈호랑이와 곶감〉 같은 옛이야기를 '전래동화'라는 이름으로 즐겨 읽습니다. 꼭 책을 통하지 않더라도 옛이야기를 즐겨 듣는 층은 대부분 어린이입니다.

그런데 우리의 옛이야기를 하나하나 살펴보면 그것이 과연 과거에도 아동용이었는지 의문이 드는 부분이 많습니다. 어린이들에게 들려주기 좋을 만큼 재치 있고 상상력이 돋보이는 이야기도 있지만, 반대로 어린이들이 듣기에는 어려울뿐더러 끔찍하고 낯 뜨거운 이야기도 많기 때문입니다.

오늘날에는 어린이들을 위한 옛이야기만 따로 강조되어서 알려지고 있지만 사실 그것은 예로부터 전해져오는 풍부한 우리 옛이야기의 일부분일 뿐입니다. 본래 옛이야기는 아동용과 성인용 구분 없이, 남녀노소 누구나가 듣고 즐기던 것이었습니다.

한 예로 '오성'과 관련된 이야기를 들 수 있습니다. 오성의 집 감나무가 담을 넘어 이웃집으로 넘어가 있어 이웃집 종들이 감을 따지 못하게 하자, 오성은 곧바로 이웃집 영감을 찾아갑니다. 오성은 바깥에서 창호지 바른 문 안쪽으로 팔을 쭉 뻗고는, 이 팔이 누구 팔이냐며 감나무와 마찬가지로 바깥에 있더라도 자신의 팔이지 않느냐고 당돌하게 따져 묻습니다. 이에 이웃집 영감은 잘못을 인정하며 감을 딸 수 있게 합니다. 이처럼 오성은 여러 이야기에서 똑똑한 아이로 등장합니다.

하지만 모든 옛이야기에서 오성이 이렇게 야무지게만 등장하는 것은 아닙니다. 골칫덩어리 장난꾸러기로 등장할 때도 꽤 많습니다. 또 어른이 되어서도 여전히 짓궂은 장난을 치는 이야기도 있습니다. 그러나 이런 이야기들은 널리 전해지고 있지 않습니다. 어린이들이 주로 옛이야기를 즐기게 되면서, 어린이들에게 적절하지 않다고 판단한 이야기들은 아예 빼버리거나 재단해버렸기 때문입니다.

그러면 여기서 수위가 살짝 높은, 오성의 또 다른 이야기를 한번 살펴볼까요?

〈오성의 장난〉

오성이 친구네 집에 갔는데, 마침 친구는 없고 그 아내가 저고리를 벗고 머리를 감고 있었습니다. 오성은 그 틈에 친구 아내의 왼쪽 겨드랑이

밑에 커다란 사마귀가 있는 것을 보게 되었습니다. 다음 날 오성은 친구를 골려주려고, 자네 아내와 잤다고 하면서 왼쪽 겨드랑이 밑의 사마귀도 보았다고 하였습니다. 친구는 고민을 하다 아내에게 그게 사실이냐고 물었고, 아내는 화를 내는 대신 언제 한번 오성을 집으로 초대하라고 하였습니다.

오성이 찾아오자 친구 아내는 예쁘게 빚은 송편에 똥을 넣고는 접시에 담아 대접하였습니다. 모양 좋은 송편을 덥석 집어 들었던 오성이 똥을 먹고 퉤퉤거리자, 친구 아내는 거짓말한 사람은 똥을 먹어야 하는 법이라고 하였습니다.

〈주〉

1 착한 사람이 개암으로 도깨비를 놀라게 하고는 도깨비방망이를 얻어 부자가 되고, 그것을 따라 한 욕심쟁이는 망한다는 이야기다.

2 주경철, 『신데렐라 천년의 여행』, 산처럼, 2005.

3 한국의 역사학자 · 문인. 잡지 『소년』을 창간하고 「해(海)에게서 소년에게」를 발표하였다. 한국 근대문학의 선구자로서 독립선언문을 기초하고 민족대표 48인 중 한 사람이었지만 나중에 친일 활동을 하였다.

4 계모의 학대를 받으며 살아가는 섭한이 물고기를 키우는데 이를 못마땅하게 여기던 계모가 물고기를 잡아먹는다. 섭한은 죽은 물고기의 뼈를 추려 상자에 넣어 보물처럼 간직하는데, 어느 날 물고기 신령이 나타나 소원을 들어주겠다며 음식을 주고, 축제에 갈 수 있도록 도와준다. 섭한은 거기에서 황금신 한 짝을 잃지만 결국에는 왕비가 된다.

5 전주 이씨 서얼 출신으로, 임진왜란 후 기근으로 굶주린 농민들을 선동하여 충청남도 홍산 지역에서 반란을 일으켰다가 전세가 불리해지자 배신한 부하들에게 죽임을 당하였다.

6 조선 중기의 의병장으로, 임진왜란 때 의병을 일으켜 여러 차례 왜병을 무찔러 '호익장군'의 호까지 받았으나 이몽학과 내통했다는 무고로 체포되어 고문을 받고 옥사하였다.

7 조선 중기의 문신으로, 낙향 후 대동계를 조직하고 모반을 꾀하려다 탄로가 나 피신하던 중 자살하였다.

8 일곱 편의 독립적인 이야기를 묶은 작자 미상의 연작소설로, 억울한 일을 관청에 호소하여 해결하는 내용을 담은 현대 탐정소설과 유사한 개화기 소설.

9 조수삼, 「추재기이」, 이우성 · 임형택 역음, 『이조한문단편선』, 일조각, 1978.
10 유재건, 실시학사 고전문학연구회 옮김, 『이향견문록』, 글항아리, 2008.
11 1권 1책의 국문 필사본으로 등장인물 · 사건 · 문체 등 여러 면에서 〈무숙이타령〉의 사설 정착본으로 판단된다. 서울의 대방 왈자 김무숙과 평양 기생 의양 사이에 벌어지는 이야기로, 김무숙이 의양의 기생 신분을 풀어주고 첩으로 삼은 뒤에도 여전히 주색잡기에 빠져 방탕한 생활을 계속하자 의양이 무숙의 본처, 노복 막덕이, 무숙의 친구 대전별감 등과 짜고서 무숙을 길들여 마음을 바로잡게 한다는 내용이다.
12 조선 광해군 때 어우당(於于堂) 유몽인(柳夢寅)이 지은 우리나라 최초의 문헌설화집.
13 조선 후기에 편찬된 편자 미상의 문헌설화집.
14 조선 영조~헌종 때 이희준(李羲準)이 편찬한 문헌설화집. '계서'는 그의 형 이희평(羲平)의 호이며, 이 책은 이희준이 아니라 이희평이 편찬했다는 설도 있다.
15 조선 후기에 이원명(李源命)이 편찬한 문헌설화집. 『청구야담』, 『계서야담』, 『동야휘집』을 일러 3대 야담집이라고 한다.
16 통일신라 후기에 지어진 작자 미상의 한문설화집으로, 본래 명칭은 '신라수이전'이다.
17 신라시대 신분제인 골품제(骨品制)의 한 등급이다. 6두품은 성골(聖骨)과 진골(眞骨) 다음의 계급으로, 신분제가 확고했던 당시 어느 정도 이상의 벼슬에 오를 수 없었다.

18 조선 초기에 김시습(金時習)이 지은 한문 단편소설집. 일반적으로 우리나라 최초의 소설로 간주된다. 〈만복사저포기(萬福寺樗蒲記)〉, 〈이생규장전(李生窺牆傳)〉, 〈취유부벽정기(醉遊浮碧亭記)〉, 〈용궁부연록(龍宮赴宴錄)〉, 〈남염부주지(南炎浮洲志)〉 등 5편이 수록되어 있다.

19 백제 개루왕 때 도미에게 아름다운 아내가 있었다. 개루왕은 도미에게 그의 아내를 꾈 수 있다고 큰소리쳤으나, 도미는 그럴 리 없다면서 아내를 믿었다. 하루는 왕이 신하에게 왕의 옷을 입혀 도미의 처에게 보내어 꾀어내려고 하였으나, 도미의 처는 이에 넘어가지 않았다. 잔뜩 화가 난 왕은 도미의 두 눈을 빼 버리고, 도미를 배에 태워 강에 띄워 보냈다. 그리고 도미의 처를 찾아갔는데, 도미의 처는 도미의 소식을 듣고 밤을 틈타 도망쳤다. 한참을 도망치다 강에 이르러 더 나아갈 수 없게 되었는데, 어디서 별안간 배 한 척이 나타나더니 도미의 처를 싣고 떠났다. 배가 한 섬에 이르자 도미의 처는 거기에서 도미를 만났고, 둘은 고구려로 가서 여생을 마쳤다.

〈참고 문헌〉

1. 자료집

『한국구비문학대계』, 한국정신문화연구원, 1980~1992.

『한국구전설화』, 임석재 엮음, 평민사, 1988~1993.

2. 사전

『한국민속문학사전』-설화편, 국립민속박물관, 2012.

『한국민속신앙사전』-마을신앙편, 국립민속박물관, 2010.

『한국민족문화대백과사전』, 한국정신문화연구원, 1991.

3. 참고 서적 및 논문

강등학 외, 『한국 구비문학의 이해』, 월인, 2000.

김남일 · 방현석, 『백 개의 아시아』 1 · 2, 아시아, 2014.

김태곤 외, 『한국구비문학개론』, 민속원, 1996.

나수호, 「한국설화에 나타난 트릭스터 연구 : 방학중, 정만서, 김선달을 중심으로」, 서울대학교 박사학위 논문, 2011.

노제운, 「해와 달이 된 오누이에 나타난 변형된 모성, 나르시시즘적 욕망」, 『어문논집』 제47집, 민족어문학회, 2003.

박희병, 『한국전기소설의 미학』, 돌베개, 1997.

서대석, 『이야기의 의미와 해석』, 세창출판사, 2011.

서대석, 『한국 신화의 연구』, 집문당, 2001.

서대석 외, 『우리 고전캐릭터의 모든 것』 1~4, 휴머니스트, 2008.
서대석 외, 『한국인의 삶과 구비문학』, 집문당, 2002.
신동흔, 『살아 있는 우리 신화』, 한겨레신문사, 2004.
심우장, 「거짓말 딜레마와 이야기의 역설」, 『구비문학연구』 제28집, 한국구비문학회, 2009.
월터 옹, 이기우 · 임명진 옮김, 『구술문화와 문자문화』, 문예출판사, 1995.
유재건, 실시학사 고전문학연구회 옮김, 『이향견문록』, 글항아리, 2008.
이우성 · 임형택 엮음, 『이조한문단편선』, 일조각, 1978.
임형택, 『한문서사의 영토』 1 · 2, 태학사, 2012,
장덕순 외, 『구비문학개설』, 일조각, 2006.
전중환, 『오래된 연장통』, 사이언스북스, 2010.
조동일 외, 『한국문학강의』, 길벗, 1998.
조현설, 「해와 달이 된 오누이형 민담의 창조신화적 성격 재론」, 『비교민속학』 제33집, 비교민속학회, 2007.
조희웅, 「고전소설 속의 설화」, 『어문학논총』 제14집, 국민대학교 어문학연구소, 1995.
주경철, 『신데렐라 천년의 여행』, 산처럼, 2005.